Grandis un peu

FRANCINE GODIN-SAVARY

# Grandis un peu

Édition : BoD – Books on Demand
12/14 rond-point des Champs-Élysées, 75008 Paris
Impression : Books on Demand GmbH, Norderstedt, Allemagne
ISBN : 978-2-3221-9569-5
Dépôt légal : juillet 2020

*« La sagesse, c'est d'avoir des rêves suffisamment grands pour ne pas les perdre de vue quand on les poursuit. »*

Oscar Wilde

# Chapitre un

Isa vient au monde l'année 1961, dans la chambre à coucher de ses parents. Dix jours après Noël. Tous deux travaillent comme ouvriers : lui en menuiserie, elle à l'usine. À peine sortis de l'adolescence, ils accueillent le bébé comme la huitième merveille du monde.

La grand-mère maternelle quitte Grandvilliers pour soutenir sa fille. C'est ainsi que commence la vie de l'enfant entre une grand-mère attentive et des parents aimants.

La modeste maison comporte deux pièces : la cuisine et la chambre. Pour se laver, l'évier suffit. À cette époque, à la campagne, il faut sortir pour les commodités. Pourtant l'habitation se trouve à une soixantaine de kilomètres au nord de Paris.

Isa grandit heureuse.

Deux ans plus tard arrive une petite sœur : Nadine. Et Isa apprend la jalousie. Oh, bien sûr, elle n'en parle à personne. Isa est une gentille petite fille. D'autant que Maman et Papa ont des soucis. Le 15 juin de cette année 1963, Papa est victime d'un grave accident du travail mutilant sa main gauche et entraînant un arrêt de travail de onze mois. C'est donc lui qui s'occupe des filles, et particulièrement du bébé Nadine, née entre-temps, lorsque Maman reprend le travail à l'usine. Isa ne comprend pas. Du haut de ses trois ans, tout ce qu'elle constate, c'est que son père prend soin de sa sœur alors qu'elle-même a grandi auprès de ses grands-mères, quelques mois chez l'une, quelques semaines chez l'autre. À croire que ses parents ne l'aimaient pas. Cette fausse idée la poursuit longtemps.

En septembre 1965 se produit un changement important pour Isa. Elle entre en maternelle bien que n'ayant pas l'âge requis. Elle aura cinq ans au cours de l'année. De ce début de scolarité, elle ne retient que deux choses : premièrement, elle est timide au point de ne pas oser demander à aller aux toilettes, ce qui lui vaut un pantalon mouillé assorti d'une honte insurmontable – Isa est d'une fierté inouïe – ; deuxièmement, l'intolérance humaine se loge parfois dans des détails minimes. Isa est gauchère. L'institutrice n'a de cesse de lui apprendre à écrire de la « bonne main » avec force coups de règle sur les doigts. Isa cède. Que peut-elle faire à même pas cinq ans ? D'autant qu'on lui apprend qu'il faut obéir aux adultes. Second changement important en décembre : Maman, Papa et les deux filles déménagent pour s'installer dans un logement H.L.M., à quelques kilomètres de la maison. Ils restent dans le même village mais quittent le hameau où ils habitent. Maman attend un bébé pour l'été, la maison sera vite exiguë avec trois enfants remuants. De plus, Papa cherche un nouveau travail. Il en a assez d'être exploité par un patron tyrannique. Cela ne se remarque pas au premier abord, car il a un regard très doux, mais Papa est un battant. Il continue à exercer son métier d'ouvrier en menuiserie même avec une main à laquelle il ne reste qu'un seul doigt.

La zone H.L.M. se compose de trois barres de deux étages. L'impasse qui longe le bâtiment où se trouve le logement descend jusqu'à un muret d'une trentaine de centimètres. La rue conduisant, après un périple de quelques dizaines de minutes, à l'école maternelle est convergente à l'impasse. Il existe des petits chemins goudronnés où l'on peut faire du vélo ou promener son bébé, et des espaces herbeux que l'on appelle des pelouses. Il est interdit de marcher dessus sous peine d'amende. Le logement loué à Maman, Papa et les filles se trouve au premier étage. À gauche, ils n'ont pas de voisins ; à droite, il y a le palier d'étage avec un autre appartement. On entre dans le leur par une porte en bois avec un judas, pour voir qui frappe à la porte. L'appartement semble grand avec ses quatre pièces principales et sa cuisine lumineuse. Pour la première fois, Isa découvre ce qu'est une baignoire. Au sous-sol, commun à tous les appartements de la barre, une cave divisée en petits locaux, un par logement. Chaque local est une petite pièce sans porte où l'on peut ranger différentes choses. Très vite, Papa fabrique une porte à claie pour fermer le leur. Maman craint les vols.

Isa ne se souvient pas trop de cette première année passée dans le logement. Après la maternelle, elle entre au cours préparatoire. Maman, qui n'a pas repris le travail depuis la naissance du petit frère, l'emmène parfois à l'école, mais bien souvent c'est une voisine. Il n'est pas commode pour Maman de se déplacer avec un bébé en landau – surtout un landau volumineux de la fin des années soixante et une fillette de trente-quatre mois, espiègle et remuante, voire capricieuse. Car contrairement à Isa, déjà très sérieuse – trop peut-être –, Nadine ne se gêne pas pour désobéir. Elle fait aussi des grosses colères dont elle a le secret. À son entrée en CP, Isa a une surprise. Elle apprend que la maman d'un petit garçon gaucher, qui a souffert tout comme elle de l'intolérance de l'institutrice de maternelle, va lui réapprendre à écrire de la main gauche. Isa se prend à imaginer que ce pourrait être son cas… Mais non, elle est considérée comme droitière. Même par la maman du petit garçon qui est, premier rapport d'Isa avec le hasard, son institutrice de cours préparatoire. Durant cette année, elle la considère comme une élève moyenne. Comme Isa n'écrit pas de sa « vraie main », comme elle dit, et ne tient pas correctement son porte-plume, son cahier d'écriture est rempli de taches d'encre. Ce qui lui vaut des remarques de l'institutrice sur le manque de soin apporté à son travail et, honte suprême, un tour de cours avec son cahier d'écriture dans le dos. Heureusement, le bonnet d'âne n'a plus cours dans cette petite école où ne se trouvent que des filles. Les garçons du village ont leur propre établissement scolaire, appelé pompeusement « école des garçons ». Cette année-là, car tout ne peut être mauvais, Isa découvre la lecture. Elle apprend très vite le b.a.-ba et, au printemps 1967, elle lit des *Oui-Oui* seule. Isa est une petite fille calme, silencieuse, qui se réfugie très vite dans le monde de la lecture. Elle dévore tout ce qui est imprimé. Les livres. Après *Oui-Oui*, c'est *Fantômette*, puis *Le Club des Cinq*. Les bandes dessinées, certains articles de journaux comme l'horoscope. Un soir, Isa a la surprise d'entendre Maman lui dire qu'elle va lui donner des cours d'écriture. Sur les conseils de la maîtresse d'école, Papa et elle ont investi dans un porte-plume spécial avec endroit où bien placer les doigts. Ils veulent le bonheur de leur petite fille et surtout, chose très importante pour eux, qu'elle réussisse sa scolarité. Comment réussir si votre écriture est illisible ? On se le demande. Pendant des jours, Isa a droit à son cours d'écriture. C'est une mauvaise période, Maman n'a pas une patience d'ange. Isa n'arrive pas à placer ses doigts malgré sa volonté de plaire, et l'ambiance est souvent électrique entre elles. Isa pleure :

— Je n'y arrive pas.

— Quand on veut, on peut, répond Maman d'un ton péremptoire.

Cette phrase, Isa l'entend souvent, surtout quand Maman essaie de lui apprendre à tricoter ou à coudre. Mais ce n'est pas facile pour une droitière d'apprendre à coudre à une gauchère. D'ailleurs Maman abandonne. Elle le fait également pour les cours d'écriture avec le porte-plume tortionnaire, car Isa passe malgré tout en classe supérieure. Début juillet, la petite famille s'entasse dans la Dauphine pour se rendre au baptême du petit Jean-Paul, dans la Somme. La cérémonie se déroule où vivent les grands-parents maternels d'Isa, l'appartement H.L.M. n'étant pas assez grand pour recevoir tous les invités. Pour l'occasion, Maman a acheté aux filles une jolie robe bleu ciel avec le bas plissé, exactement la même. Maman a tendance à habiller les filles de la même façon. Heureusement pour lui, Jean-Paul est un garçon, il échappe à la robe mais pas au bleu. Elle coiffe les filles d'un chignon haut, comme les danseuses étoiles. Isa n'aime pas ce genre de coiffure, les pinces lui tirent les cheveux et ça gratte. Maman a revêtu le petit roi de la fête d'un short en tergal bleu marine, d'une petite chemise à carreaux bleus et blancs et d'un petit nœud papillon de la même teinte que le short. Sur sa tête, une petite casquette de la même couleur que la chemisette. Dans la voiture, Maman fait des recommandations aux filles, ou plutôt elle donne des ordres.

— Vous dites bonjour à tout le monde, vous êtes sages comme des images et vous ne vous salissez pas.

Sous-entendu, si vous ne respectez pas ce que je dis, vous serez punis. Dans cette phrase qu'elle prononce sont résumés les principes d'éducation de Maman. Ses enfants doivent être bien élevés, c'est-à-dire irréprochables. Après la cérémonie, tous les invités se réunissent chez les grands-parents maternels des filles. Une grande table a été installée dehors dans la petite cour attenante à la maison. Ladite maison est située dans un parc de plusieurs hectares car Grand-Père est le garde-chasse d'un château dont le propriétaire est un marquis. Parmi les invités, trois sœurs de Maman, dont Marcelle, la « tata » préférée d'Isa. Elle porte les cheveux courts, coiffés en brosse ; elle s'habille toujours en pantalon ; elle boit et fume comme un homme, conduit sa voiture sur les chapeaux de roues. Elle a fait les quatre cents coups dans sa jeunesse. Maman a raconté à Isa que Marcelle a passé une nuit en prison car elle a grimpé sur la statue de Jeanne Hachette à Beauvais et qu'elle est montée à treize ans dans la jeep de soldats américains pour la Libération. Marcelle est célibataire et personne ne s'imagine la voir mariée. Anticonformiste elle est, anticonformiste elle reste. Au grand dam de leurs autres sœurs qui veulent qu'elle rentre dans le rang. Mais comme dit Maman : « C'est comme si on pissait dans un violon. »

De cette année de cours élémentaire première année, Isa ne retient que deux choses : elle aime le travail scolaire, mais surtout être la première de la classe, et elle n'aime pas, mais alors pas du tout, se faire prendre en photo.

Au début de cette année scolaire 1967-1968, il y a une épidémie de poux à l'école et Maman sacrifie les jolies boucles brunes d'Isa. Elles ne repoussent pas pour la photo scolaire, et la fillette se trouve une « tête affreuse » d'autant plus qu'elle ne sait pas sourire sur commande. De plus, pour couronner le tout et rendre Isa encore plus ridicule, le photographe demande à chaque petite fille du CE1 de s'asseoir derrière un écran qui imite une télévision. Ce jour-là, Isa attrape le « complexe d'infériorité ». Pour être honnête, il est déjà sous-jacent depuis que les grands-mères ou les tantes louent les « beaux yeux bleus » de Nadine, de la même teinte que ceux de Maman. Maman, qui est la plus belle pour Isa. Mais elle manque peut-être d'objectivité. Ces dames de la famille omettent d'ajouter que ceux d'Isa sont tout aussi jolis. Ils sont d'un joli noisette comme ceux de Papa. Un détail pour affirmer que cette jalousie n'est qu'envers Nadine : le petit Jean-Paul est également blond aux yeux d'azur et Isa n'est pas du tout jalouse de son petit frère.

À quelques semaines de la fin de cette année scolaire, il y a les événements de Mai 68, mais Isa a sept ans et cela la touche de loin. Tout ce dont elle se souvient, c'est d'une voix criant « Le Général, c'est le Général ! » ce mercredi 29 mai, de la DS noire et de toutes les petites filles, elle y compris, à la grille de l'école, regardant passer le véhicule. Mais ce souvenir est tellement enfoui qu'Isa se demande si elle ne l'a pas rêvé, voire inventé. La rue Jean-Jaurès, rue principale du village, mène à Paris, ça, c'est vrai, mais aucunement à Strasbourg, encore moins Baden-Baden. Le Général a-t-il fait un détour pour brouiller les pistes ? D'un autre côté, pourquoi une petite fille de sept ans, une petite anonyme aurait-elle inventé ce genre de souvenir ? Hein ?

Fin juin, il y a la cérémonie de remise des prix. Les parents viennent dans la cour ombragée de tilleuls de l'école. Des bancs sont installés sous le préau depuis la veille. Chaque classe présente une petite danse costumée. Le directeur de l'école remet les prix aux élèves lauréats. Cette année, Isa reçoit le prix d'excellence. Le cadeau est une jolie petite encyclopédie qu'Isa garde plusieurs années.

Pendant le mois de juillet, les filles restent avec Maman et bébé Jean-Paul, alors que Papa travaille. En août, il est en congé et la petite famille fait des balades en forêt, des visites à la nombreuse famille de Maman ou à grand-mère Dorine, la mère de Papa.

À la rentrée scolaire 1968, Nadine entre en maternelle. Elle est droitière et n'a donc pas à craindre de problème avec l'institutrice. Isa, quant à elle, intègre le cours élémentaire deuxième année. Il y a un changement qui l'étonne un peu au début. La classe est mixte et elle se trouve dans les locaux de la mairie. Le maître, âgé avec des cheveux gris, se nomme M. Bourguignon. Les garçons s'amusent à faire des quolibets sur son patronyme dans la cour. Parmi eux, deux frères, Jean-Luc et Dominique. Jean-Luc ne travaille pas très bien en classe et il mange son buvard. Son frère est plus sérieux. Lui et Isa sont souvent au coude à coude pour la première place du classement.

À la maison, il y a un autre bouleversement. Papa travaille comme buandier à la maison de retraite. Il investit dans une mobylette pour faire le trajet. Tous les matins, vers cinq heures quarante, il l'enfourche pour se rendre à son nouveau « boulot », comme il dit. L'après-midi, il s'occupe d'un petit jardin loué à un vieux monsieur. Parfois le jeudi, Maman et les enfants vont « voir Papa » après la sieste de Jean-Paul. Isa admire Papa. Il sait faire beaucoup de choses malgré sa main gauche mutilée.

En milieu d'année scolaire, le maître tombe malade. Une maîtresse le remplace et la fillette apprend la méchanceté gratuite. Dès le début, alors qu'Isa fait de son mieux, la nouvelle institutrice la « prend en grippe », comme dit Maman. Mais Isa n'en parle pas. Elle a appris à ne pas se plaindre. Pourtant un jour arrive un événement qui remet tout en question. Isa est une petite fille en excellente santé mais, cet après-midi-là, alors qu'elle ouvre le verrou pour sortir des toilettes à la turque, ses jambes se bloquent et Isa s'écroule. Elle reste plusieurs dizaines de minutes à moitié sur le sol carrelé des toilettes, à moitié sur le goudron de la cour. La maîtresse semble ne pas avoir remarqué son absence. Pourtant Isa est deux rangs devant le bureau, à côté de sa copine Martine. C'est Dominique, au risque d'être puni, qui s'échappe et va demander de l'aide à l'école des filles à une centaine de mètres de là. Ils reviennent dans la deux-chevaux de la directrice et elle ramène Isa chez elle. Le médecin de famille, que Maman appelle grâce au téléphone de sa voisine de palier, diagnostique une crise de colibacillose. Isa reste plusieurs semaines à la maison alitée et, quand elle retrouve l'école, elle appréhende de revoir l'institutrice. Mais M. Bourguignon est revenu. Cette année-là, même si la directrice de l'école des filles ou des élèves de sa classe apportent à Maman de quoi faire travailler Isa, la petite fille ne remporte pas de prix mais passe tout de même en classe supérieure.

En septembre 1969, alors que Nadine entre au cours préparatoire et Isa au cours moyen première année, Maman annonce :

— Je vais reprendre le travail. Le directeur de l'hospice cherche des femmes de ménage de jour, j'ai posé ma candidature et voilà.

Isa sait que l'hospice est le nom que les gens donnent à la maison de retraite, certains disent même « la maison des vieux ». Elle se demande ensuite comment les choses vont se passer pour Nadine, Jean-Paul et elle.

— Je vais travailler le matin ou l'après-midi mais Papa vient d'obtenir un poste de journée. Le midi, il sera là pour manger avec vous deux. Pour la sortie de l'école, j'ai demandé à notre voisine de palier d'aller vous chercher à la sortie de l'école. Elle vous surveillera le temps que Papa arrive.

Isa se demande en silence ce qu'il va advenir de Jean-Paul mais elle ne pose pas la question. Nadine en revanche…
— Et Jean-Paul ? demande-t-elle, interrompant Maman qui s'apprête à dire quelque chose.

Isa pense que Nadine va se faire remettre à sa place avec un : « Dine, on ne coupe pas la parole » mais non, Maman lui répond :

— Il va aller chez tata Ginette pendant mes heures de travail. Mangez maintenant, ça va refroidir.
Isa jette un œil sur sa petite sœur, persuadée qu'à elle Maman aurait dit : « Isa, on n'interrompt pas quelqu'un qui parle ! » Mais apparemment sa cadette a tous les droits.

Le lundi suivant, tout se passe comme Maman l'a dit. À onze heures trente, la voisine est sur le trottoir avec sa petite fille qui est en maternelle. Elles rentrent ensemble. Arrivée à la porte de l'appartement, la femme ouvre la porte avec la clé donnée par Maman.

— Je vais laisser ma porte ouverte. S'il y a un problème, vous venez me le dire.

Après avoir mis leurs chaussons pour ne pas salir et ôté leurs manteaux, les filles dressent la table. Le repas préparé la veille attend que Papa arrive pour être réchauffé. Très vite, Maman apprend à Isa comment allumer la gazinière avec l'allume-gaz et quand Papa arrive, ils passent à table. Ensuite, elles l'aident pour la vaisselle. Il la lave et elles essuient. Nadine se contente des couverts et Isa essuie le reste. Vers treize heures, elles retournent à l'école, accompagnées de leur voisine de palier. Tandis qu'elles montent l'impasse en marchant sur le trottoir, Papa passe à côté d'elle sur sa mobylette bleue. Souvent il donne un petit coup de sonnette.

Une semaine passe ainsi, puis une deuxième. La troisième, Maman travaille l'après-midi. Les filles s'attendent à voir leur voisine devant la grille de l'école.

Mais il n'y a personne. Isa prend Nadine par la main et elles rentrent à l'appartement. Ce qui est bien, c'est qu'elles ne doivent pas traverser la route. Il y a bien un passage piéton devant l'école mais ensuite elles peuvent suivre le trottoir jusqu'aux H.L.M. Les deux fillettes cheminent en même temps que d'autres enfants et quelques mamans avec des petits en poussette. Isa se dit :

*« On n'a besoin de personne, après tout. »*

D'autant plus que Nadine est sage et écoute son aînée.

Ce lundi soir, Papa rentre un peu après dix-sept heures, elles ne restent pas longtemps seules. Il leur demande :

— Tout s'est bien passé, les filles ?

*Sous-entendu « sur le chemin du retour ».*
— Oui, dit Isa.
Elle craint un instant que Nadine la bavarde ne parle de l'absence de leur voisine mais non.

Les mois passent ainsi, Maman travaille un week-end sur deux et Papa s'occupe des enfants. Y compris de Jean-Paul, âgé de trois ans. Le dimanche matin, il s'essaie même à la pâtisserie avec un certain succès. Toute la famille apprécie ses tartes aux pommes ou à la rhubarbe. Maman est en repos le jeudi, une semaine sur deux. Ça tombe très bien, c'est le jour où les filles ne vont pas à l'école. Les autres semaines, ses repos sont le mardi ou le mercredi. Les filles ont donc le plaisir de la voir avec Jean-Paul à la grille de l'école. Le jeudi, si le temps le permet, Nadine et Isa vont jouer dehors avec d'autres enfants habitant les logements H.L.M. Parmi elles – Isa et sa petite sœur ne jouent pas avec les garçons, qui sont soit trop petits, soit trop vieux – Martine, l'amie d'Isa, et Sadia, toutes deux dans la classe de la fillette. Sadia habite dans un logement plus grand. Elle est la sixième d'une famille de huit enfants. Bientôt neuf, car M^{me} Bahir arbore un joli ventre rond, comme Maman lors de sa dernière grossesse. Parfois elle appelle Sadia avec des mots que les autres filles ne comprennent pas mais Sadia lui répond. Maman leur apprend que les Bahir sont des émigrés. Au début, Isa ne comprend pas ce que cela veut dire. Il y a également un nouveau changement dans la vie de la fillette, le jeudi. Comme elle a l'âge requis, huit ans, Maman l'inscrit au catéchisme. Le cours a lieu le matin de dix heures à onze heures dans une salle baptisée « la salle Jeanne-d'Arc ». Isa est avec des enfants de CE2, garçons et filles. Au début Isa est un peu déboussolée. En plus du père Noël qui surveille les enfants pour voir s'ils sont sages et peuvent recevoir des jouets, selon Maman, il y a un autre monsieur dans les nuages qui épie tout le monde, adultes y compris ! Mlle Lemaire est une personne très douce. Elle leur fait dessiner comment ils se représentent le Seigneur. Elle leur apprend des chansons et une prière qu'elle appelle le « Notre Père ». Elle leur précise qu'il faut aller à la messe le dimanche. Depuis le baptême de Jean-Paul, Isa ne rentre plus dans une église et ses parents non plus. La seule qui va à la messe le dimanche, c'est grand-mère Léonie mais chez elle il y a des croix en bois et des statuettes d'une dame avec un bébé dans les bras dans toutes les pièces. Grand-Mère dit qu'il s'agit de la Sainte Vierge, la maman du « Petit Jésus ». Au début Isa se demande quel est le lien entre le monsieur dans les nuages et la statuette de la dame et du bébé ? Une autre chose l'intrigue. Alors que les deuxièmes années de catéchisme ont cours avant eux, Isa ne voit pas Martine. D'ailleurs Sadia, qui a huit ans comme elle, est absente elle aussi dans sa classe d'éducation religieuse. À table elle ose questionner Maman. Mais c'est Papa qui répond, du moins pour Martine.

— Pourquoi j'ai pas vu Martine au catéchisme ?

— Parce qu'elle n'y va pas. Son père est de la C.G.T.

Isa ne comprend pas mais elle n'ose pas interroger encore Papa. Il n'a pas beaucoup de temps pour manger. Elle demande alors en se tournant vers Maman.

— Et Sadia, elle était pas là non plus.

— Elle est musulmane. Elle ne va pas au catéchisme.
Et elle se lève pour servir le café à Papa. Isa ne comprend pas ce que Maman veut dire ; pourtant, elle ne pose pas de question non plus.

*« Peut-être que je vais trouver ce qu'est une musulmane dans le dictionnaire »*, se dit-elle.

Désormais quand Isa ignore quelque chose, elle cherche l'explication dans sa chère encyclopédie ou dans le dictionnaire de la famille.

Le dimanche matin avec d'autres enfants des H.L.M. et une dame qui les accompagne, Isa va à la messe. Il y a des bancs de chaque côté de l'allée centrale qui mène à un autel. Ceux de gauche sont pour les filles, ceux de droite pour les garçons. M<sup>lle</sup> Lemaire leur apprend à faire le signe de croix, de la main droite parce que c'est comme cela qu'il faut faire, mais parfois Isa le fait machinalement de la main gauche… Et personne ne lui crie dessus ni ne la foudroie du ciel. Mlle Lemaire, qu'ils s'appellent tous Marinette, lui dit d'un ton doux quand elle la voit :

— Isa, avec ton autre main.

La fillette obéit mais elle s'arrange pour faire son signe de la main gauche quand personne ne la voit. Selon Marinette, le Seigneur a créé toutes choses, animaux et humains compris. Et il aime toutes ses créatures.

*« Donc, se dit Isa, s'il m'a créée gauchère, il ne peut rien me dire de son nuage. »*

Mais cette pensée, elle la garde pour elle.

Pendant les vacances de Noël, il n'y a pas de catéchisme non plus mais il y a la messe. Isa n'y va pas. Cette année, Maman a quelques jours de congé avant Noël, dont le 24 qu'ils passent comme à l'accoutumée chez les grands-parents maternels. Le repas commence vers vingt heures car Grand-Mère veut aller à la messe de minuit et Maman, qui travaille le lendemain à treize heures, ne peut pas rentrer trop tard. Ils mangent plusieurs entrées, dont des huîtres – Isa n'aime pas du tout, déjà se dire qu'elle va avoir un animal vivant dans son estomac, même si ce n'est qu'un mollusque, ça la répugne au plus haut point. Berk ! Ensuite, c'est une grosse dinde avec de la purée et des marrons. Après la laitue et l'assortiment de fromages, le repas se termine avec la bûche. Grand-Mère l'a commandée chez le pâtissier. Alors qu'elle prépare du café, Marcelle emmène les trois enfants dans sa chambre pour leur donner des bonbons. Quand ils reviennent, le père Noël vient de passer. Chaque enfant reçoit un sachet de pralines en chocolat et une pièce de dix francs. Maman leur prend tout de suite pour les placer dans leurs cagnottes au petit écureuil.

Le lendemain de Noël, elles trouvent chacune un petit landau pour y coucher leur poupée favorite. Celui de Nadine est vert, celui d'Isa bleu marine. Jean-Paul reçoit une petite voiture à friction. C'est une ambulance. Son gyrophare clignote quand elle roule et elle fait entendre sa sirène. Pour le repas de midi, Grand-Mère leur a donné du restant de dinde et Maman a fait cuire des haricots verts et des pommes de terre en complément. En dessert, ils ont chacun une mini-bûche, que Papa a rapportée avec le pain. Le repas terminé, Maman se prépare pour aller travailler. Les enfants vont rester tout l'après-midi avec Papa. Tout comme le lendemain, un vendredi, et le week-end.

Le lundi suivant, Maman est de repos. Elles reçoivent dans l'après-midi la visite de la quatrième sœur de Maman et de son mari. Isa sait que Maman est la cinquième d'une famille de six filles. Ils repartent avec Jean-Paul, car c'est elle sa nounou. Le lendemain, Maman est postée du matin et elle ne veut pas que « le petit soit trimballé à cinq heures du matin par ce froid ». Le soir, Maman dit aux filles :

— La voisine passera pour s'assurer que tout va bien.

Mais, tout comme l'année précédente, elles ne voient pas du tout la voisine de palier. Isa se dit qu'elle a peut-être mal compris Maman. En tout cas, elle n'en parle pas. Et puis le temps entre le moment où elles se lèvent et l'arrivée de Papa passe vite. Ensuite quand il repart, il n'y a qu'une petite heure avant que Maman n'arrive. Systématiquement, Maman leur demande :

— Vous avez passé une bonne matinée ?

— Oui, dit Isa en croisant les doigts dans son dos pour que Nadine ne dise rien.

Isa apprend la dissimulation. Et puis tout s'est bien passé, n'est-ce pas ?

Le jour de l'An, ils se rendent dans la Somme pour adresser leurs meilleurs vœux aux parents de Maman et aux tantes et oncles qui sont présents. Isa n'aime pas souhaiter la bonne année ni dire bonjour mais elle déteste encore plus quand Maman se fâche et lui crie dessus. Donc elle prend sur elle et s'exécute.

Le dimanche suivant, ils vont chez leur grand-mère paternelle et son second mari Georges. Et tout recommence. Isa déteste vraiment les premiers jours de janvier. Tout comme leurs grands-parents maternels, la mère de Papa leur donne des chocolats et une pièce de dix francs à chacun. Comme à Noël, Maman prend les pièces en annonçant qu'elle va les mettre sur leur livret d'épargne.

Le lundi, l'école reprend. Le soir, il y a un gâteau d'anniversaire pour Isa, mais pas de cadeau.

— Tu as eu un joli landau à Noël, dit Maman, ça fait les deux.

Isa ne dit rien mais elle pense :

« *Peut-être, mais Nadine a eu un cadeau d'anniversaire le 25 novembre, elle !* »

Isa est vraiment une vilaine petite fille.

Un jour du mois de mars, avant les vacances de Pâques, Maman les emmène un matin à l'école, avec Jean-Paul emmitouflé dans sa poussette. Elle va parler à la maîtresse de Nadine puis elle repart. Toute la matinée, Isa se demande ce que Maman a pu dire à l'institutrice du cours préparatoire. Le midi, tandis qu'ils mangent tous ensemble, Papa et elle se font la conversation.

— Je suis allée voir la maîtresse de Nadine ce matin. Apparemment, c'est une enfant très calme. Ça m'étonne ; ici, elle est tellement infernale, je n'arrive pas à en venir à bout.

— C'est mieux que si c'était le contraire. Bon, si elle était sage partout comme ma grande, ajoute-t-il, ce serait parfait.

Depuis la naissance de Jean-Paul et même si elle n'avait que cinq ans et demi à l'époque, Isa est devenue « ma grande » pour Papa. Et ce petit nom affectueux la remplit de fierté mais est également une sorte de devoir. Elle est la grande, l'aînée, la première et elle doit être la meilleure en tout.

Isa apprend la pression.

# Chapitre deux

Isa aime passer quelques jours chez sa grand-mère paternelle près de Senlis. Comme pour exaucer son souhait, Maman prépare une petite valise pour Nadine et Isa. Elles vont rester chez Grand-Mère jusqu'au dimanche suivant.

Chez celle qu'Isa considère comme sa « mémé » préférée, la petite fille peut être elle-même : c'est-à-dire siffler comme un garçon, boire du café coupé à l'eau et bouder quand quelque chose ne lui plaît pas. Contrairement à Maman qui lui répète : « Arrête de faire ton caractère de cochon ! »

Grand-mère Dorine ne lui dit rien. Pas plus qu'elle ne dit quelque chose à leur petite cousine Claudine, qui est encore plus remuante que Nadine, ce qui n'est pas une sinécure. Chez la mère de Papa, les filles apprennent à broder, même Isa. Leur mémé a une patience d'ange. Ça ne la dérange pas du tout qu'Isa soit gauchère. L'après-midi, au printemps ou en été, elles vont toutes les trois au jardin chercher de la luzerne pour les innombrables lapins de clapiers de Grand-Mère. Claudine, qui n'a pas encore quatre ans, monte dans la carriole. Nadine et Isa marchent à côté d'elle, poussée par Grand-Mère. Pendant qu'elle coupe la luzerne en bordure de jardin, les filles s'amusent à cueillir des fleurs des champs ou à poursuivre les papillons. Parfois Grand-Mère en profite pour cueillir des légumes pour la soupe du soir. Georges, son second mari – Grand-Mère est veuve depuis 1945 –, veut un potage tous les soirs, été comme hiver. Isa aime beaucoup Georges. Ce n'est pas un grand bavard mais il a l'air moins sévère que le père de Papa, qui trône avec Grand-Mère jeune sur la commode, dans la chambre de ses parents. Isa n'est pas sûre qu'elle aurait aimé son grand-père Félix, qui a l'air si revêche sur la photographie.

En mai, la municipalité organise pour les enfants scolarisés en primaire, un voyage d'une journée en Angleterre. C'est un jeudi et Maman, avec Jean Paul tenu d'une main ferme, accompagne à pied Nadine et Isa jusqu'à la gare. C'est la première fois que les filles prennent le train. Maman les installe dans un wagon en compagnie d'autres enfants. Jusqu'à Calais, les deux sœurs restent ensemble, puis chacune rejoint sa classe, cours préparatoire pour la cadette et cours moyen première année pour l'aînée. Pour traverser la Manche et atteindre Douvres, les voyageurs prennent le bateau. Isa et sa cadette ont le pied marin, ce qui n'est pas le cas de tout le monde.

Les côtes anglaises ont des falaises de craie un peu comme celles de la Seine-Maritime qu'Isa a vues lors d'une journée à la mer en famille. Mais il n'y a pas d'aiguille comme à Étretat.

À Douvres deux cars scolaires les attendent, un pour les filles et un pour les garçons. Pendant que certaines des institutrices font monter les filles dans le bus, des instituteurs font la même chose avec les garçons. D'autres membres de l'équipe enseignante comptabilisent sur une feuille les sommes apportées par les enfants, puis se rendent à un bureau de change pour avoir de la monnaie anglaise. Les filles ont chacune dix francs donnés par Maman afin qu'elles se rapportent un petit souvenir. Dans le car des filles, Isa choisit une place près d'une vitre et elle passe le temps à regarder le paysage anglais. Elle aime les verts pâturages et les troupeaux de moutons. Ils lui font penser à la Normandie ou même à certains bocages du plateau picard. La seule différence : les gens ne conduisent pas du même côté.

Après environ une demi-heure, les deux véhicules s'arrêtent devant une grande pelouse montant en pente douce vers un bâtiment qui semble très vieux à Isa. Une femme blonde parlant français avec un accent vient les accueillir et les emmène dans une grande salle voûtée qui ressemble à une grande cave. Il y a deux très longues tables en bois de plusieurs mètres et les enfants prennent place. Nadine se retrouve à une table et Isa à une autre mais elles peuvent se voir en quinconce. D'autres femmes arrivent et les servent. D'abord c'est un potage au concombre. Cela fait tout drôle à Isa de manger de la soupe le midi mais c'est peut-être une coutume britannique. En tout cas, elle n'aime pas trop et, vu la grimace que lui fait Nadine quand elle la regarde, Isa sait que sa petite sœur a le même point de vue. Ensuite il y a des pommes de terre bouillies avec une sauce et de la viande. Isa apprend qu'il s'agit de gigot avec une sauce à la menthe. Mis à part que les petits Français ne connaissent la menthe que dans les bonbons, Isa trouve ce plat délicieux. En dessert, une part de gâteau surmontée de gelée de groseilles servie dans une assiette creuse, dont le fond baigne dans un liquide un peu sucré. Isa n'aime pas les mouillettes mais elle fait l'effort de manger la partie non détrempée de son gâteau. En boisson, on leur sert de l'eau mais, à la fin, les adultes ont droit à une tasse de thé.

À Canterbury, avant de reprendre la route vers Londres, ils voient la cathédrale de loin. À Londres, toujours dans les cars, ils voient le Tower Bridge, le palais de Buckingham et ses gardes à l'uniforme bien particulier, Piccadilly Circus.

Isa s'amuse des autobus d'un rouge éclatant avec leurs impériales, tout en se demandant si elle va pouvoir acheter un souvenir. Bientôt les bus s'arrêtent près d'un trottoir. La directrice leur annonce que l'argent donné par leurs parents va être distribué et qu'ensuite ils iront dans des magasins pour leurs emplettes. Quand c'est son tour, Isa met l'argent anglais dans le porte-monnaie acheté par Maman. Les passagers, enfants et instituteurs, descendent ensuite. Il y a plusieurs magasins de souvenirs dans cette rue, et les maîtresses jettent leur dévolu sur un plus grand que les autres. Les vendeuses semblent paniquer devant l'arrivée, telle une tornade, de cette soixantaine d'enfants de six à onze ans qui se répandent dans les rayons du magasin. Nadine et Isa achètent deux poupées folkloriques : un Horse Guard et une sentinelle de la tour de Londres. Il leur reste un peu d'argent malgré les deux sucres d'orge achetés en complément.

À seize heures trente, il faut lever le camp pour rejoindre Douvres. Là, c'est un aéroglisseur qui les attend. Pendant le trajet, Isa se sent nauséeuse. À croire qu'un engin qui glisse au-dessus des vagues lui convient moins qu'un rafiot. Ensuite, c'est de nouveau le train. Fatiguées mais heureuses de cette journée, les filles retrouvent la famille au complet venue les chercher à la gare. Maman s'enquiert :

— Ça s'est bien passé ?

Phrase que l'on peut traduire par : « Vous êtes contentes de votre journée ? » Maman est pudique dans ses paroles.

— Oui, dit Isa.

Elle l'ignore encore mais Isa va garder un souvenir impérissable de ce seul et unique séjour en Angleterre.

— On a acheté des poupées, ajoute Nadine d'une voix excitée. Des *Guard,* prononce-t-elle à l'anglaise.

— Vous nous montrerez à la maison, dit Papa en se dirigeant vers la Renault 10 neuve, tandis que Maman ajoute :

— C'est une très bonne idée. Dès que nous irons quelque part, nous pourrons rapporter une poupée folklorique.

En septembre 1970, Isa, qui n'a pas encore dix ans, entre en CM2 et en seconde année de catéchisme. Elle retrouve Marinette et ses camarades. À l'école, les grandes, dont elle fait partie, ont certaines responsabilités, comme se servir de l'effaceur pour enlever ce qui a été écrit avec la craie sur le tableau noir en fin de matinée, ou le nettoyer avec la grosse éponge et le seau d'eau, le soir. Depuis l'entrée en CM1, Martine et d'autres filles restent à l'étude après quatre heures et demie. Isa, non. Maman ne veut pas que sa fille traîne dehors quand il fait noir. On ne sait jamais ce qu'il peut advenir. Maman imagine toujours le pire. Elles pourraient mal tourner – Isa ne voit pas ce qu'elle entend par là – ou se faire enlever par des voyous pour qu'eux soient obligés de payer une rançon. Cette année scolaire là, les enfants, qu'ils soient de la classe d'Isa ou de son cours de catéchisme, préparent deux grands changements. Le passage en sixième et l'adieu à l'école des filles pour les premières. La première communion ou communion privée pour les seconds. Isa est sereine quant à son passage en sixième, bien qu'elle se demande avec un peu d'appréhension comment les choses vont se passer, et un peu intriguée quant à la communion privée. Marinette leur apprend qu'ils vont recevoir « le corps du Christ ». Pas en vrai, bien sûr. Isa apprend le symbolisme.

Le premier dimanche de juin a lieu la communion privée d'Isa. Pour l'occasion, Maman lui achète une jupe plissée blanche, et grand-mère Dorine lui tricote un pull à manches courtes avec un point ajouré. Même les chaussures vernies de la fillette sont blanches. Après la messe, où Isa a communié pour la première fois – elle trouve que l'hostie n'a aucun goût –, toute la famille et les invités, c'est-à-dire les grands-parents, les parrains et marraines d'Isa se retrouvent dans la salle à manger de l'appartement. Comme cela ne se fait pas d'être treize à table selon les adultes, tante Marcelle fait le quatorzième convive. La table, dont les rallonges sont tirées, est prévue pour douze personnes donc on se serre un peu. Au moment du dessert, Isa doit sacrifier au rituel des photos. Elle a hâte que tout se termine. Encore ce complexe d'infériorité qui refait des siennes. Ensuite vient le moment des cadeaux. Le plus important est une splendide bicyclette blanche. Ce présent, caché dans la cave depuis une semaine va servir à Isa pour se rendre au collège. Car oui, c'est certain, en septembre Isa entre en sixième.

# Chapitre trois

Isa n'a jamais vu autant d'adolescents réunis devant la grande porte grillée du collège. Vers huit heures quinze, une personne vient ouvrir. Isa apprend par la suite qu'il s'agit du conseiller principal d'éducation. Elle trouve une place pour son beau vélo blanc et met la chaîne antivol que Papa lui a achetée. Déjà une autre personne demande aux sixièmes de se regrouper devant elle. C'est une femme à l'air autoritaire, occupant la fonction de surveillante générale. Plusieurs dizaines d'enfants lui obéissent. Des lettres et des chiffres ont été écrits à la craie sur le goudron de la cour 6A, 6B, 6C, jusqu'à 6H.

— Cette année, dit la femme, nous inaugurons une classe d'enseignement de la langue germanique. Pour ce faire, les élèves dont les noms de famille commencent après la lettre F iront dans cette classe nommée sixième A et ce jusqu'à ce que les trente élèves soient appelés.

Ce jour-là, lundi de septembre 1971, Isa apprend ce qu'est un coup du sort. Elle est parachutée en classe germanophone, ce qui n'est pas son choix de départ.

Son nom de famille cité, Isa se met en rang avec les quelques noms appelés avant le sien. Parmi les élèves qui se rangent après elle, deux filles de son ancienne classe. La fillette est un peu rassurée.

Toutes les classes de sixième constituées, il est l'heure de rejoindre les salles de cours. Celle dévolue à la sixième A – la classe d'Isa – se trouve à gauche de l'escalier, au premier étage. Le rez-de-chaussée du bâtiment est réservé aux salles de la cantine.

Le professeur entré avec eux se présente. Il est leur professeur de français, une de leurs matières principales. Il écrit son nom au tableau, « Monsieur Benêt », mais aucun élève ne se risque à un quelconque quolibet. Il dégage une aura d'autorité et de respect malgré sa voix un peu douce. La première heure est occupée à remplir une fiche de renseignement et à la distribution des différents livres pour les cours. M. Benêt leur explique ensuite le déroulement d'une journée de cours. Leur présence est obligatoire et toute absence doit être justifiée par un mot signé des parents sur le carnet de correspondance qu'il vient de leur distribuer.

Toute la matinée, les élèves de la sixième A restent avec le professeur de français. Il note sur le tableau l'emploi du temps de la semaine, que les élèves recopient. Isa remarque qu'il y a du sport – deux heures le mardi en début de matinée – et de l'étude, dont une le vendredi de quinze heures trente à seize heures trente.

Cette heure se termine assez vite et les élèves sont autorisés à sortir dans la cour pour la première récréation. Comme il fait beau, Isa ne prend pas sa veste. Il y a beaucoup d'élèves dans la cour, d'autres sixièmes, des cinquièmes, des quatrièmes, des troisièmes et des groupes qui viennent de bâtiments en préfabriqués derrière la construction sur un étage. Ils ne se mêlent pas aux autres. Isa apprend assez vite qu'il s'agit de sixièmes et cinquièmes trois, plus familièrement appelés « les transitions » par les autres élèves. Il n'y a pas de quatrièmes et troisièmes trois.

Isa discute un peu avec Catherine Labory et Évelyne, les deux filles de son ancienne école lorsqu'un garçon s'approche, passe derrière elle et lance :

— C'est jour de paye ?

Isa ne comprend pas pourquoi les autres se mettent à rigoler ou à sourire mais elle en ressent une honte immense, d'autant plus qu'un élève de sa classe s'approche. C'est un redoublant. Il habite une maison pas très loin des H.L.M. où vit Isa.

— Ta fermeture éclair est ouverte, dit-il doucement.

Isa se contorsionne comme elle peut et finit par refermer la fermeture de sa salopette. Premier vêtement en « jean » choisi ce matin. Elle décide très vite que c'est la dernière fois qu'elle met cette tenue pour venir au collège. Isa a tellement honte de cet incident et de ne pas avoir compris ce qu'a dit le garçon moqueur. Sa naïveté lui semble un sujet de moquerie quand elle comprend, quelques minutes plus tard, de quoi il s'agit. Il lui reste un peu de temps. Sans rien dire à personne, elle se rend dans les toilettes, à l'autre bout de la cour, enlève le haut de sa salopette, son pull, qu'elle remet ensuite par-dessus en faisant bien attention de cacher sa fermeture éclair.

Le restant de la matinée passe assez vite, et Isa reprend son vélo pour se rendre chez elle. Nonobstant l'épisode « du jour de paye », dont elle ne parle à personne, cette première matinée s'est bien déroulée. Isa espère qu'il en sera de même pour l'après-midi.

Avant la reprise des cours, elle regarde si elle aperçoit le moqueur et garde sa veste par-dessus ses vêtements. Même si elle crève de chaud, comme on dit. Mais tout sauf revivre cette honte. Isa est très fière. Comme Papa.

Le soir, une de ses jambes pattes d'éléphant se prend dans la chaîne de son vélo. Maman peste un peu, étale du beurre sur la tache avant de mettre le vêtement à laver avec d'autres. Ce soir-là, Isa apprend « les actes manqués ».

Les jours se suivent, Isa se fait à son nouveau rythme scolaire.

Elle ne revoit pas le moqueur puis l'aperçoit dans le groupe « transition ».

« *Il n'y a que ce genre d'individus pas intelligents qui peut faire une telle remarque cochonne* », se dit-elle, se promettant de ne plus avoir de contact avec les sixièmes ou cinquièmes trois.

En éducation physique, Isa retrouve son ancien professeur de sport à l'école primaire. Elle ne l'aime pas beaucoup et elle pense, sans se tromper, que c'est réciproque. Lors de ce premier cours, il veut jauger leur niveau en athlétisme. En course à pied, ça va, bien qu'Isa soit plus une sprinteuse qu'une coureuse de fond. Puis il les teste en saut en hauteur en ciseaux. Isa se met avec les gauchers.

— Ah, revoilà mon mouton noir, dit-il, faisant un jeu de mots avec le nom de famille d'Isa, Giyaud et le gigot, de quelle main écris-tu, Giyaud ?

— Droite, répond Isa.

« *Inutile de se lancer dans l'explication que je suis gauchère contrariée, il ne va rien comprendre.* »

— Eh ben alors, qu'est-ce que tu fous avec les gauchers ? demande l'homme en riant, imité par toute la classe.

Naturellement, comme elle ne se sert pas de son pied gauche comme pied d'appel, Isa se plante de façon magistrale en saut en ciseaux. Le soir, elle annonce :

— J'ai le père Kepler en sport.

— On dit « monsieur », la reprend Maman.
Isa ne répond pas. Il est hors de question qu'elle appelle monsieur un homme qu'elle déteste autant. Isa apprend la rancune.

La première semaine se passe. Le vendredi, à quinze heures trente, Isa reste en étude. Ses parents ne veulent pas qu'elle quitte le collège avant l'heure prévue.

Une certaine routine s'installe et Isa commence à apprécier la vie de collégienne. Seuls bémols, les heures de sport et les plaisanteries de certains voyous qui dévissent la roue avant de vélos. Ce n'est pas encore arrivé à Isa mais à Christine, une fille de sa classe. Heureusement, un grand de troisième l'a revissée. Tous les jours, à onze heures trente, en allant vers l'abri à vélos, Isa pense en croisant les doigts :

*« Pourvu que ma roue de vélo ne soit pas dévissée. »*

Et ça marche ! Isa apprend quelques notions de création de vie, bien qu'elle n'en ait pas conscience. Parfois elle se risque à dire « Pourvu que l'on n'ait pas sport ». Ça ne fonctionne pas, elle n'est pas la seule dans cette affaire mais Kepler la laisse tranquille.

En décembre a lieu la rencontre parents-professeurs. Isa a d'excellentes notes, sauf en mathématiques. Alors qu'elle est douée en arithmétique, ce n'est pas le cas dans cette matière trop abstraite à son goût. Son professeur principal est satisfait d'elle dans l'ensemble mais pointe une timidité quasi maladive et une écriture qui laisse à désirer. Maman parle alors de l'année de maternelle d'Isa.

En janvier après les vacances de Noël, alors qu'elle est en cours de français pour la dernière heure, la surveillante générale apparaît sur le seuil après avoir frappé à la porte.

— Giyaud, tu es attendue au C.M.P.P., dit-elle en s'adressant à Isa. Un surveillant va t'y conduire, prends tes affaires.

Isa range cahier, livre et nécessaire pour écrire, tout en se demandant ce qu'est ce C.M.P.P. Elle sort sous les regards de toute la classe.

Le C.M.P.P., ou centre médical psycho-pédagogique, se trouve dans une salle de l'école primaire à côté du collège. Une dame attend Isa. Il y a des crayons de couleur et un album de coloriage sur une table.

— Tu peux t'asseoir et colorier la page qui te plaît, dit la dame d'un ton très gentil.

Pendant une heure, la dame l'observe tout en lui posant quelques questions : est-elle fille unique ? Quelle est sa place dans la fratrie ? Papa et Maman sont-ils gentils ? Isa est gênée par le regard de la dame quand elle répond – comme si elle ne la croyait pas – mais surtout parce qu'elle n'aime pas qu'on l'observe. Comme si elle se sentait coupable. Mais coupable de quoi ? De ne pas colorier dans les lignes ? L'heure terminée, la dame lui dit :

— Tu peux arrêter, l'heure est passée. On se revoit pour une autre séance ?

Isa ne répond pas. Elle se demande juste combien elle aura de séances, à quoi cela peut servir et surtout comment elle va rattraper le cours qu'elle a raté.

Après la seconde séance, elle prend son courage à deux mains pour dire à Maman :

— Je ne veux pas y retourner, ça ne sert à rien. Je préfère aller en cours.

Ce qu'elle ne dit pas, c'est ce ressenti d'être prise pour une « débile ». Maman acquiesce. Il ne sera plus question de C.M.P.P. pour Isa.

L'année avance. Pour les vacances de Mardi gras et celles de Pâques, Isa et Nadine restent à l'appartement. Maman les juge assez grandes pour rester quelques heures toutes seules, d'autant plus que Jean-Paul est chez sa nourrice.

Fin juin, Isa passe en cinquième avec les encouragements. Elle n'obtient pas les félicitations à cause de sa moyenne en mathématiques et en sport. Mais ça, elle s'en moque comme de sa première bouillie. Ou pour dire vrai, elle s'en moque plus que de sa bouillie.

Début juillet, Papa va faire le plein de la Renault 10 neuve, puis il commence à charger la remorque achetée quelques semaines plus tôt. Pendant ce temps,

Maman boucle deux valises : une pour les filles, et une pour eux et Jean-Paul. Fidèle à son principe, « on ne sait jamais », elle y glisse même plusieurs pulls d'hiver. Au cas où la météo serait très mauvaise, voire catastrophique. Elles sont si remplies qu'elle demande à Isa de s'asseoir dessus pour pouvoir les fermer. Le lendemain, alors que le jour n'est pas encore levé, ils partent pour la Vendée.

Ces trois semaines de vacances se déroulent sous les meilleurs auspices, le temps est clément, la plage est accessible à pied depuis le camping et ils profitent tous de ce séjour vendéen. Nadine se fait deux copines, des sœurs venant de la région normande. Isa préfère rester seule à lire. Elle a toujours été solitaire.
La veille du départ, Maman fait des photos.

— Pour avoir des souvenirs, dit-elle.

Nadine fait des jolis sourires lors des clichés, Isa non. Pourtant elles vivent la même chose. Tout cela n'est-il pas en définitive qu'une affaire de ressenti ? Isa touche quelque chose du doigt mais elle n'en a pas encore conscience.

En août, comme à l'accoutumée, Nadine et Isa vont chez leur grand-mère paternelle pour quelques semaines. La maison de Grand-Mère est bâtie sur le mode des longères avec un grenier courant tout le long. Pour y accéder, il faut monter une échelle. Isa a appris très vite et le grenier devient son lieu secret, son refuge. Il se divise en trois salles. La plus intéressante pour Isa est la deuxième. Elle contient deux malles. La première contient de vieux vêtements : jupes, boa de fourrure, chemisiers, bottines, etc. Parfait pour se travestir le jour du Mardi gras ou pour un carnaval. La seconde regorge de vieux livres. Un vrai trésor pour l'adolescente.

Isa aime les romans d'aventures. Ses héros s'appellent D'Artagnan, Phileas Fogg. Ses auteurs : Dumas père, Verne. Ses romans de prédilection : *Vingt Ans après*, *La Tulipe noire*, *Le Tour du monde en quatre-vingts jours* et *Michel Strogoff*. Isa s'imagine montant à l'abordage d'un galion britannique, tels Surcouf ou Jean Bart. Seule concession dans ce monde masculin, Sophie Rostopchine, la comtesse de Ségur, dont elle dévore les exemplaires à sa disposition dans cette malle.

Mais toute bonne chose a une fin et Isa doit quitter ses chers livres et sa mémé pour retourner au collège.

La salle de cours principale des cinquièmes A se trouve parmi les préfabriqués, pas très loin du terrain de sport. Comme nouveauté cette année-là, les cours de latin et l'épée de Damoclès qui peut les envoyer en classe de CAP. Isa n'a pas du tout envie de se retrouver sur « une voie de garage », comme dit Maman. Elle essaie de travailler du mieux qu'elle peut mais elle a maintenant deux matières écrites où elle est faible : les maths, toujours, et le latin. En sport, consolation minime, ses notes augmentent. La professeure se montre plus pédagogue que Kepler.

En sport, la classe est divisée en deux groupes, celui des filles et celui des garçons. Le groupe des filles est mélangé avec un autre groupe, les cinquièmes B, et Isa retrouve avec plaisir Sadia et sa sœur Malika, redoublante. Dans la classe d'Isa, une fille, Marie-Claude. Accompagnée d'une autre élève, Catherine Settler, qui la suit comme son âme damnée. Elle décide de faire d'Isa la cible de ses moqueries :

— Béé, fait-elle dès qu'Isa se trouve à portée d'oreilles, chantonnant parfois : « Gigot, bête comme un mouton, Gigot bête comme un mouton. »Isa apprend la résignation.

Elle serre les dents, ravale ses larmes et courbe le dos. Elle ne trouve pas de parade. Si elle se met en colère, les moqueries augmentent :
– Oh, le gigot veut se déguiser en loup, t'as pas assez de cran ! Béé, béé…

Chaque jour, les deux chipies y vont de leur « gigot, petit mouton », etc. Marie-Claude est la meneuse car lorsqu'elle est absente, Catherine la laisse tranquille. Isa en vient à souhaiter que la première attrape une longue maladie. Isa apprend la méchanceté.

Et la lâcheté des autres. Car personne ne prend sa défense.

Isa va à l'école parce que c'est obligatoire, en traînant des pieds. Elle ne peut pas parler de celles qu'elle considère comme des tortionnaires à Maman.

*« Elle ne va pas m'écouter. Elle va me dire que ce n'est pas grave… Ou alors elle va aller parler aux parents de ses deux chipies ou à elles devant toute la classe et ça, c'est pas possible. J'en mourrais de honte. »*

Bien sûr, ses résultats scolaires s'en ressentent et, à la fin du premier trimestre, elle se retrouve sur la sellette. Les professeurs envisagent un redoublement.

— Enfin, Isa, qu'est-ce qu'il y a ? Tu étais si brillante l'an passé. J'espère que tu vas te ressaisir.

— Oui, Maman.

Et elle se ressaisit. Elle travaille le plus qu'elle peut car elle sait maintenant que Marie-Claude et Catherine sont elles aussi menacées de redoublement. Il est hors de question d'être dans la même classe que ces deux pestes. Isa a juste oublié que si les affreuses ne redoublent pas elle va les retrouver en classe de quatrième. Mais d'ici là, les choses peuvent s'améliorer. Elles peuvent être emportées par le choléra, par exemple. Isa apprend l'humour noir.

À la réunion parents-professeurs du deuxième trimestre, la professeure principale d'Isa est satisfaite de son travail. Si elle continue sur cette voie, son passage en classe supérieure est assuré.

En mai, avec l'accord de ses parents, Isa s'absente quelques jours du collège. Avec d'autres enfants de son village, elle prépare sa communion solennelle. Moment de calme, de partage, dans la vie d'Isa. Elle envisage même de devenir religieuse. Oh, pas à cause de la foi. Si Dieu existait, il s'arrangerait pour clouer le bec à Marie-Claude et sa complice. Mais à cause du calme et du côté « ermite » de la vie monastique. Isa apprend l'introversion.

En juin ont lieu deux événements. Tout d'abord Isa fait sa communion solennelle. Pour l'occasion, Maman loue auprès du presbytère une jolie aube d'un blanc immaculé avec un voile.

Le jour de la cérémonie, en sus de la grande table, il y en a une petite pour les enfants : Nadine, Jean-Paul et deux cousins. Isa, reine de la fête, mange avec les adultes.

Second événement : Isa passe en quatrième avec les encouragements. Elle frôle les satisfactions.

Mais Marie-Claude et Catherine passent elles aussi en classe supérieure.

Pour les vacances cette année-là, les filles vont chez grand-mère Dorine en juillet. Elles retrouvent la petite Claudine, devenue beaucoup plus calme. Au point que Grand-Mère les autorise toutes les trois à faire de la bicyclette sur les chemins de campagne environnants. Parfois Nadine préfère rester à l'intérieur et Isa va se promener seule avec leur petite cousine. Quand il pleut, Mémé sort le jeu de Nain jaune, celui des Milles bornes ou encore la mallette avec le jeu de l'oie et les petits chevaux. Parfois elle les initie à la pâtisserie : bugnes, qu'elle appelle des « crottes d'âne », moka froid avec des petits-beurre et de la crème au café, et autres gourmandises tout aussi délicieuses.

En août, ils vont dans les Landes, pas très loin de Mimizan. Mais Maman n'apprécie pas trop. Elle n'aime pas le milieu ouvrier. Isa se dit que ce n'est pas logique. Papa et elle sont bien de ce milieu, non ?

En septembre, les cours reprennent et les moqueries aussi. Isa a plus de temps pour souffler. Il y a plusieurs sous-groupes dans la classe de quatrième A : les anglais première langue, et les allemand première langue, comme les deux pestes et elle. De plus, la classe étant très chargée, trente-huit élèves, les cours de technologie se font par groupe de dix-neuf, les dix-neuf premiers noms de la liste, dont celui d'Isa, puis les dix-neuf suivants. Pour couronner le tout, Isa abandonne le latin, ce que ne font pas les deux autres.

Isa n'apprécie pas la technologie ; toutefois, elle réussit à garder un niveau convenable. Les mathématiques sont la seule matière où elle reste faible. À tel point que Maman envisage de lui faire prendre des cours. Isa n'en a pas envie. Rester une heure seule avec un ou une professeure, être obligée de répondre à ses questions, non merci. Isa est timide, c'est vrai, mais elle a plus encore la phobie d'énoncer une réponse fausse. En classe, elle peut se fondre dans la masse et espérer ne pas être interrogée. Parfois ça marche, parfois non, malgré le « pourvu que je ne sois pas appelée au tableau » qu'elle se répète en croisant les doigts. Isa apprend une forme de superstition.

Cette année-là, on commence à leur parler du BEPC.

— Ce sera votre premier examen et un entraînement pour le baccalauréat, leur martèle leur professeure principale.

Isa se demande si elle va réussir cet examen où il y a des épreuves écrites, dont sa matière bête noire. Isa n'a pas besoin d'apprendre le pessimisme. C'est inné chez elle.

Elle ne se voit pas avec le BEPC en poche et encore moins le baccalauréat. Même le fait d'aller au lycée lui semble une chose insurmontable. Prendre le car seule, se retrouver dans un si grand établissement à plusieurs kilomètres de chez elle, impossible. Puis elle se dit qu'il lui reste une année avant l'épreuve qu'elle redoute.

À la maison ou au collège, on commence à lui demander quel métier elle pense exercer plus tard. Isa n'en a aucune idée. Quand elle joue avec Nadine, âgée de dix ans, cette dernière est postière et Isa cliente et mère de famille. Voilà ce qu'elle veut faire, ou plutôt être : Isa veut des enfants.

— Oui, certainement, dit Maman, mais dans la vie il faut travailler.

— Pourquoi ? Rien ne me plaît.

Enfin si, il y a bien quelque chose, mais avec sa faiblesse en maths, la porte va se fermer tout de suite. Dans ses rêves les plus fous, Isa se voit soigner des animaux, oubliant qu'elle a une peur bleue des chiens, et qu'après le lycée elle devra passer un concours d'entrée. Et puis elle revient sur terre. Isa apprend le réalisme.

— Tu trouveras, tu as encore le temps d'y penser. Pour l'instant, concentre-toi sur tes études.

— Et si je ne trouve rien ?
— Il faudra trouver. Tu ne peux pas rester sans travailler, à part si tu épouses un homme riche. Mais il te fera cocue à tous les coins de rue.

Maman a plein d'idées toutes faites concernant les gens aisés.

— Ce sont tous des pourris, dit-elle souvent.

Pour l'instant, Isa n'a pas envie d'épouser qui que ce soit. Elle n'a même pas de « petit copain » et cela l'interroge. Oubliant qu'elle fait partie des plus jeunes de la classe, elle en conclut qu'elle est « moche ». Isa apprend le complexe d'infériorité.

# Chapitre quatre

Isa passe en troisième malgré un classement moyen. En plus des maths, l'anglais lui donne du fil à retordre. Surtout à l'oral. Isa est toujours aussi timide.

La dernière année de collège apporte son lot de changements. Nadine entre en sixième et c'est maintenant à deux qu'elles font le trajet à bicyclette. Isa a maintenant un vélo d'un rouge flamboyant. Nadine hérite de celui dont sa sœur se servait les années précédentes.

« *Elle devrait être jalouse de moi, puisque j'ai un vélo neuf et pas elle* », pense Isa.

Elle scrute une forme de désappointement sur le visage de Nadine. Mais elle ne voit rien. Sa sœur est-elle de ces personnes heureuses, quoi qu'il se passe ? Ou est-elle une dissimulatrice hors pair ?

Autre changement. Isa peut sortir du collège avant la dernière heure quand il y a étude… Et Nadine aussi.

« *À croire que les parents sont plus sévères avec les aînés* », songe-t-elle, et elle en ressent une sorte d'injustice.

Isa apprend le « deux poids, deux mesures ».

Troisième changement, la famille déménage dans une maison neuve achetée grâce aux économies des parents et à un crédit immobilier. La distance est un peu plus importante pour les filles mais il n'y a pas de côte qui vous scie les jambes comme sur l'ancien trajet.
Dernier changement, Isa doit maintenant porter des verres correcteurs pour corriger sa myopie. Entre sa paire de lunettes et ses cheveux longs, bouclés et épais – c'est la seule chose qu'Isa aime de son physique –, on ne voit plus son visage. Non pas que ça la gêne. Isa apprend à se cacher.

Lors de la réunion parents-professeurs du deuxième trimestre se pose la question de l'orientation. Isa, même si elle obtient le BEPC, n'a pas de notes assez bonnes pour intégrer le lycée.

.

— Un redoublement serait bénéfique, propose de nouveau l'enseignante de mathématiques, leur professeure principale, à Maman.

Isa n'a pas envie de redoubler mais, si c'est la seule solution, elle fera un effort. Et comme lui dit Maman dans la voiture :

— Qu'est-ce qu'une année scolaire dans une vie ? Tu auras de meilleures bases pour ta seconde et tu auras plus de temps pour réfléchir au métier que tu voudras faire plus tard.

Isa ne dit rien. Elle a un rêve, encore plus fou que celui d'être vétérinaire. Depuis quelques mois, elle se voit endosser l'habit vert des Immortels. Isa veut écrire. Elle n'a pas encore d'idées précises sur ce qu'elle va raconter mais elle se fait confiance. L'imagination n'est pas une chose dont elle manque.

Quelques jours avant l'examen, elle apprend en surprenant une conversation entre des ados de sa classe, dont les deux pestes, que celles-ci vont redoubler. Catherine, c'est gérable, mais les deux… Isa ne peut pas revivre une année avec elles. Il n'existe qu'une troisième germanophone. Isa doit quitter le collège, elle ne voit que cette solution.

Tout en pédalant vers la nouvelle maison avec Nadine, Isa réfléchit à la discussion entre tante Ginette, venue en visite le samedi précédent, et Maman. Conversation tournant principalement autour de l'aînée de la visiteuse. La cousine d'Isa vient d'obtenir son CAP d'employée de bureau option dactylographie en étudiant dans un pensionnat de filles pas très loin de Beauvais. L'école prépare les élèves à un autre diplôme : le BEPA (brevet d'étude primaire agricole) option économie familiale et rurale en deux ans. C'est un pis-aller pour ne pas revivre une cinquième année au collège. Isa apprend les décisions « coup de tête ».

Quelques semaines après les vacances de Pâques, elle déclare à Maman :

— Je veux aller en pension.
Maman la regarde, un peu sonnée par cette requête, et dit :

— C'est vraiment ce que tu veux ?
Depuis plusieurs jours Isa prépare des éléments irréfutables.

— Je travaillerai mieux en internat. Je t'ai entendue parler avec tante Ginette. L'école où Marilyne a étudié est bien. Je crois qu'ils admettent des élèves après la troisième. En plus j'aurai un métier en sortant.

— Bon, si c'est ce que tu veux. J'en parlerai avec Papa ce soir.

Papa se montre lui aussi surpris par la demande d'Isa mais elle réitère ses raisons et il se range à son avis. Isa apprend la manipulation.

Quelques semaines plus tard, Isa apprend son admission dans cette école. Comme de bien entendu, elle n'en parle à personne de sa classe, faisant même croire aux autres élèves qu'elle redouble elle aussi.

Le jour du brevet arrive. Isa n'est pas sûre d'elle, comme elle le dit à Maman. Elle pense réussir en français, en histoire et en géographie. Mais les autres matières…

C'est Maman qui la conduit où doit avoir lieu l'examen.

— Si tu quittes plus tôt, tu peux aller chez ta tante. Je lui en ai parlé. Mais je te conseille de rester jusqu'à la fin. Parfois des choses nous reviennent au dernier moment.

Isa obéit à Maman. Elle reste jusqu'à la dernière minute. Tout comme le lendemain. Mais ce jour-là elle se rend chez sa tante avec Maman pour boire un café. Isa aime beaucoup celle qui est née avant Maman dans la fratrie Decroix.

Ginette ne se gêne pas pour dire à sa cadette qu'elle est trop sévère avec ses enfants. Tout en servant les tasses elle explique :

— Tu verras, Isa, il y a juste trois classes. Celle des accueils, celle des dernières années et la tienne. Ça va te changer du collège. Tu verras, tu sentiras bien là-bas.
— Le principal est qu'elle y travaille bien.

La tante regarde Isa avec un sourire complice, puis rétorque :

— Quand on est heureuse quelque part, on travaille mieux que lorsque l'on ne s'y plaît pas. En plus elle vient de passer un examen, laisse-la souffler un peu.

Quelques jours plus tard, les résultats de l'examen sont affichés devant l'entrée du collège et paraissent dans *Le Parisien*, le journal local. Isa, qui s'attend à un échec vu ce qu'ont dit avoir répondu les autres aux épreuves, a la surprise d'apprendre qu'elle doit aller à l'oral de rattrapage : français et langues vivantes.

Malgré ce qu'elle redoute, les choses se passent bien pour elle et Isa obtient son premier diplôme.

Fin juin 1975, à même pas quatorze ans et demi, elle quitte le collège La Rochefoucauld, certaine de ne plus revoir Marie-Claude Nadier et Catherine Settler.

En juillet, la famille va en Vendée, à Saint-Gilles-Croix-de-Vie. En août, Isa reste à la maison avec Nadine. Jean-Paul va quelques semaines chez l'aînée de Maman qui exploite une ferme avec son époux. À quatorze ans, Isa n'a plus besoin d'une personne pour la garder et Nadine ne veut pas aller seule chez leur grand-mère paternelle.

Septembre arrive assez vite et Isa découvre sa nouvelle école. Elle se trouve au milieu d'un parc de plusieurs hectares. La construction principale – Isa apprend très vite qu'il s'agit du château de l'Épine – semble dater d'un autre siècle avec ses hautes fenêtres. Un peu plus loin dans le parc, un préfabriqué et une maison en forme de longère bâtie en briques rouges.

Papa arrête la Renault 10 devant le château, à côté d'une autre voiture. Il n'y a pas de parking délimité. D'autres arrivent. Des filles et leurs parents en descendent. Certaines se regroupent et papotent. Isa en déduit qu'il s'agit des BEPA 2, à moins qu'elles ne soient d'anciennes élèves de l'accueil, mais elles lui semblent âgées. Bientôt une femme sort du château et reste sur la marche devant la porte.

— Bonjour, mesdemoiselles. Je suis M^{me} Lotte, directrice de cet établissement. Je vous souhaite un bon accueil dans votre nouveau lieu d'études. J'espère que vous aurez à cœur de travailler sérieusement en vue d'obtenir votre diplôme, reconnu par le ministère de l'Agriculture.

Isa se demande si elle a bien entendu puis se souvient du A du sigle du diplôme préparé. D'autres femmes apparaissent derrière la première. Elles commencent l'appel pour former deux classes. Les « grandes » se sont rangées toutes seules. Chaque groupe rejoint enfin sa salle de cours. Celle d'Isa, tout comme celle des BEPA 2, se trouve dans un préfabriqué. Les filles laissent leurs valises dans le couloir. Chaque professeur les invite à revêtir leurs blouses bleues. Isa a l'impression de revenir dans le passé. Elle ne porte plus de blouse depuis le cours préparatoire. Isa apprend la relativité du temps. On peut être une élève de la seconde moitié des années soixante-dix et vivre comme une de la moitié des années soixante, voire plus anciennes.

La première heure de cours se déroule comme au collège. Avec les sempiternelles fiches de renseignements. Isa regarde autour d'elle en catimini. Au bas mot, elles sont vingt-quatre adolescentes dans cette classe. Rien à voir avec la troisième A au collège, où ils étaient trente-huit.

Les fiches remplies, la professeure leur distribue l'emploi du temps. Isa remarque les cours habituels – français, mathématiques, sport – ainsi que des matières inconnues pour elle – dactylographie, sténographie, organisation de bureau. Ce sont les matières enseignées par la petite dame rousse devant elles : leur professeure principale. Économie familiale rurale, cuisine, couture, commerce et comptabilité sont inscrits comme autres cours. Il n'y a ni science, ni histoire, ni géographie, ni même langues étrangères. Mais le planning est assez chargé sans cela. Des heures d'études surveillées sont prévues à la fin des cours et après le dîner. Les élèves disposent d'un temps de récréation avant de retourner en classe après le déjeuner. Vers seize heures trente, il y a un autre temps de pause d'une demi-heure où on leur sert un goûter. Isa apprend que les BEPA 2 ont droit à la télévision le mardi soir. Privilège de dernières années.

La matinée se déroule assez vite et à midi, Isa et ses nouvelles camarades découvrent le réfectoire. Pour cela, elles entrent dans le château, prennent à gauche. Isa remarque un escalier monumental avec une rampe en fer forgé admirablement travaillé menant à l'étage. L'endroit où se déroulent les repas est une grande pièce où sont disposées plusieurs tables de huit personnes. Une femme les attend et les place. C'est une aide de cuisine comme l'apprend assez vite Isa. La femme met le plat sur la table pour qu'elles se servent elles-mêmes. Elle en fait de même pour le dessert quelques dizaines de minutes plus tard.

Le repas terminé vient le moment de récréation. Isa décide de faire quelques pas jusqu'à la grille puis de revenir. Des filles l'imitent par deux ou trois, bras dessus, bras dessous, dont certaines de sa classe. Viennent-elles du même collège ou sont-ce des anciennes de la classe « Accueil » ? Les cours reprennent. La fille assise à côté d'elle semble agréable et elles commencent à bavarder pendant l'interclasse.

— Geneviève, se présente la camarade d'Isa. Je viens de l'Eure. Mes parents ont une ferme, et toi ?

— Isabelle, de l'Oise. Mes parents n'ont pas de ferme.

— Ah ! J'ai un petit copain. Nous pensons nous marier à la fin de mes études, et toi ?

Isa secoue la tête. À même pas quinze ans, Isa a le temps de penser au mariage. D'ailleurs, avec ses lunettes mangeant son visage, ses yeux foncés « comme des billes de loto », ses cheveux châtains presque noirs, elle n'intéresse aucun membre de la gent masculine. Et ce n'est pas dans ce lieu strictement féminin que les choses vont changer.

Lors de l'après-midi, les filles font connaissance avec deux autres professeures, celle de français et celle de couture. En français, elles font des tests de niveaux en grammaire et orthographe, puis vont à la bibliothèque de l'école où celles qui le désirent peuvent prendre un livre. Isa découvre alors *Jalna* de Mazo de la Roche. Elle dévore tous les livres de la saga lorsqu'elle a du temps libre. Elle s'imagine même écrire une histoire familiale plus tard. Bien sûr, la trame de l'histoire de l'aspirante auteure traitera de sujets différents de celle de l'auteure canadienne. Peut-être un sujet grave et peu répandu. D'autant plus qu'elle lit en parallèle *Les Eygletière* d'Henri Troyat. Isa apprend le rêve.

Lors du premier cours de couture, la professeure leur dit :

— Pour la prochaine fois, vous rapportez un patron de couture. Cette année, nous allons réaliser un tablier de bébé. Dessiner votre modèle sur le patron sera votre premier travail.

Isa fait la grimace. Elle ne sait pas dessiner ou plutôt elle le fait très mal. Encore une séquelle de cette décision de nier son état de gauchère.

Après le premier goûter et la vingtaine de minutes de récréation vient le temps de l'étude. Chaque classe le fait dans sa propre salle, encadrée par une surveillante d'éducation. Les filles peuvent les appeler par leur prénom. L'une d'elles, Arlette, renvoie Isa à Marcelle. Comme elle, sa tenue vestimentaire est très masculine, elle porte les cheveux très courts, son visage est dépourvu de maquillage et elle fume des gitanes maïs. Pour venir à l'école, elle utilise une 125 centimètres cubes. Une différence avec la troisième dans la famille Decroix.

Isa pense souvent qu'une erreur a dû se produire pour Marcelle. C'est une femme comme l'atteste sa carte d'identité. Mais son visage est chevalin et lorsqu'elle revêt une robe, elle semble déguisée. D'ailleurs, la seule fois où Isa l'a vue en jupe, c'est sur une photo prise au mariage de Maman et Papa. Isa n'est-elle pas en train d'apprendre une forme de différence ?

Lors du repas du soir, il y a du potage. Isa s'aperçoit assez vite que la chose est régulière. Comme elles n'ont pas de place attitrée, elle s'assied à la même table que Geneviève et constate qu'une huitaine de filles s'installent ensemble à une table voisine. Ce doit être celles venant de l'accueil. Isa apprend la « lutte de classe ».

Après l'étude du soir, une des surveillantes, Marie-Claire, montre aux nouvelles recrues de l'année où se trouvent leurs dortoirs. Celui des filles de la classe d'Isa se trouve au rez-de-chaussée. Mais ce n'est pas à cet endroit que va dormir Isa. Marie-Claire lui demande, ainsi qu'à une autre fille, Nadège, de la suivre à l'étage. Elles montent le majestueux escalier et traversent le dortoir des grandes jusqu'à un renfoncement contenant deux lits.

— Je vais vous montrer où sont les lavabos. Extinction des feux à vingt et une heures trente, lever à sept heures.

Elles suivent la surveillante jusqu'à la salle de bains collective avec ses huit lavabos et ses quatre WC derrière des portes closes. Mais aucune cabine de douche et encore moins de baignoire.

Au-dessus de chaque lavabo, une tablette pour poser sa trousse de toilette et un miroir pour se coiffer.

Quand Isa arrive dans le renfoncement, Nadège dort déjà. Elle prend donc le lit qui reste. Isa ne craint pas vraiment d'avoir des difficultés à se réveiller le lendemain matin. Elle règle tout de même sa montre digitale à 6 h 51 pour ne pas être surprise par un éclairage intempestif. Un brusque sentiment cafardeux l'envahit. Isa apprend le manque et… la vie de château.

# Chapitre cinq

Les jours se suivent dans la nouvelle école d'Isa. Elle a maintenant pris ses marques. Tous les lundis matin, Papa la conduit jusqu'au château ; tous les vendredis soir, il vient la chercher. Là, Isa retrouve Jean-Paul et Nadine. Sa cadette est en cinquième au collège et tout semble bien se dérouler pour elle. Les deux filles ne se voient pas beaucoup. Le samedi matin Nadine va en cours, l'après-midi elle fait ses devoirs, tout comme Isa. Chacune dans leurs chambres construites par Papa au premier étage de leur pavillon. Le dimanche la famille rend visite aux parents de Maman. Celle-ci est en repos tous les week-ends, maintenant qu'elle suit des cours pour devenir infirmière en psychiatrie. Isa se rend tout de même compte que Nadine n'est pas une grande causeuse, tout comme elle. Où est passée la petite fille exubérante ?

Au début, même si elle ne le dit à personne, l'adolescente a un pincement au cœur lorsque la voiture grimpe le petit chemin goudronné menant à la grille de l'école. Puis elle se fait une autre amie. Sophie. Elles sont toutes les deux les plus jeunes de la classe. Au début, ce qui les rapproche, c'est un sens de l'humour quasi identique. Elles s'amusent à imaginer des définitions décalées pour des mots comme « bouleau », « arbre à écorce blanche se trouvant principalement dans les agences pour l'emploi ». Puis elles font connaissance. Isa se partage entre Geneviève, qui lui parle beaucoup de sa future vie de femme d'exploitant agricole, et Sophie. Celle-ci vient par le train jusqu'à Beauvais, puis prend le minibus conduit par Arlette. Sophie apprend à Isa qu'elle est l'aînée d'une fratrie de deux.

— Mais nous n'avons pas la même maman. La mienne est décédée quand j'avais trois ans.

Isa ne s'imagine pas vivre sans Maman. Elle apprend l'empathie.

Les deux adolescentes commencent à échanger des confidences sur leur fratrie.

— Ghislain et moi, nous avons six ans d'écart, on ne se côtoie pas beaucoup. À part pour les repas. Et puis, c'est un garçon, nous n'avons pas les mêmes jeux. J'aurais bien aimé avoir une sœur mais bon.

— Bah, moi, j'ai les deux et à un moment je préférais Jean-Paul, même si nous avons cinq ans et demi d'écart. Avec Nadine, c'était spécial.

— C'est-à-dire ?

— Petite, elle était assez directive… du genre : « Zaza, je veux que tu enlèves mes chaussettes. Zaza, je veux que tu masses mes pieds… » À tel point que Papa l'avait surnommée « Mam'zelle J'ordonne ».

— Et tu le fais encore ?

— Quoi donc ?

— Ben, lui enlever ses chaussettes.

— Ben non, quand même ! Elle va sur ses douze ans. Faut pas exagérer.

Elles rient toutes les deux.

À l'école, il y a un détail qu'Isa a du mal à intégrer. Ce sont les charges. Chaque semaine, chaque élève doit faire une tâche ménagère seule, comme le balayage de la salle de classe, ou à plusieurs, comme l'entretien du parquet ciré de la salle de réfectoire. La tâche que l'adolescente redoute est le « service à table », où l'élève doit servir le ou les professeurs présents pour le repas de midi. À la maison, Isa aide, mais ici ils pourraient embaucher du personnel supplémentaire. La seule qui ne change pas de charge toutes les semaines, c'est Sophie. Depuis son entrée à l'école, elle aide le jardinier du domaine et sa femme à porter les cagettes de légumes et autres denrées, comme les pains en cuisine.

Isa est brillante dans sa scolarité. Même en mathématiques. Elle flirte maintenant avec le dix-sept de moyenne alors que le programme enseigné ressemble à celui vu en troisième. À croire qu'elle a attrapé la « bosse des maths ». Deux points noirs : la dactylographie, Isa a du mal avec la dextérité des doigts sur la machine à écrire, et la comptabilité. Même si le professeur, avec son mètre quatre-vingts, ses cheveux blonds frisés et ses yeux verts, peut pousser n'importe qui à se surpasser dans sa matière.

En mai, toute la classe part en stage dans une ferme. Isa se retrouve pour trois semaines dans l'ancien village de grand-mère Dorine et Georges. Ils n'y habitent plus depuis que ce dernier est à la retraite.

La ferme est une exploitation céréalière sans animaux, exception faite de deux gros chats et d'un Beauceron qui lui fait un peu peur au début. L'occupation principale de l'adolescente est de jouer avec le petit François-Xavier, âgé de deux ans, dernier enfant du couple qui l'accueille, de suivre et d'aider l'agricultrice dans toutes ses activités : cuisine, ménage, jardinage et éducation du petit garçon. Durant ces trois semaines idylliques entrecoupées de week-ends à la maison, Isa apprend l'activité de « dame de compagnie ».

En juin, alors que toute la classe sait qu'elle passe en classe supérieure, la professeure principale convoque Maman et Papa et leur propose un challenge ainsi qu'à Isa. Celle-ci, nonobstant son excellente moyenne générale, est encore sur le fil. Sa moyenne de tout juste dix en dactylographie ne la fait pas redoubler. Mais elle est insuffisante pour pouvoir réussir le CAP d'employé de bureau, un des examens passés en fin de seconde année. La professeure propose donc qu'Isa passe un examen de passage au mois de septembre, où les matières seront dactylographie et comptabilité, seconde matière laissant à désirer dans le classement d'Isa. Si elle le réussit, son passage en seconde année est assuré. Isa ne parle de cette conversation à personne, même pas à Sophie. Elle se demande si elle va réussir ou si son destin est de finir par redoubler.

À la maison, Maman prend le taureau par les cornes. Il faut absolument trouver une machine à écrire pour qu'Isa puisse s'exercer. Elle téléphone à Ginette. Celle-ci lui conseille une boutique qui vend ce genre de matériel dans la ville voisine. Le lendemain, Isa est en possession d'une machine flambant neuve, accompagnée de sa valise de transport.

Au début, Isa recopie des extraits d'articles de journaux, de livres, mais cela commence à devenir monotone. Elle décide alors d'inventer ses propres textes : à savoir, son journal intime. Sans trop en dévoiler. Isa est très pudique, même avec elle-même. Elle imagine aussi une fiction.

Isa invente des personnages, un lieu, une histoire d'amour hors norme pour l'époque. La scène tragique entre Jean-Marc et Gilbert dans le troisième tome des *Eygletière* la bouleverse. Son personnage principal ne mourra pas. Même si elle lui fait traverser différentes épreuves. Et elle s'entraîne, elle s'entraîne au point d'acquérir assez de dextérité et de vitesse de frappe pour réussir l'examen de septembre et rejoindre ses camarades en classe supérieure.

Toute focalisée sur la dactylographie et le plaisir « d'écrire », Isa ne révise pas ses cours de comptabilité. C'est pourtant dans cette dernière matière qu'elle obtient un dix-neuf sur vingt, faisant sa fierté et celle de M. Bertrand Delbert son professeur. Isa apprend les « bizarreries du destin ».

En ce début d'année scolaire 1976, Sophie et elle apprennent très vite qu'elles n'ont pas l'âge légal pour passer le BEPA. Il est de dix-sept ans et elles n'ont pas encore seize ans. En revanche, elles peuvent sans problème passer le CAP d'employé de bureau. À croire que l'Éducation nationale n'éprouve aucune gêne à mettre des adolescentes de seize ans sur le marché du travail mais que ce soit le cas du ministère de l'Agriculture. La solution est de refaire une année de BEPA 2. Il semble que le redoublement d'une classe soit un passage obligé pour Isa. La directrice de l'établissement leur propose alors d'écrire au ministre de l'Agriculture, Christian Bonnet, pour lui demander une dérogation. Sophie et Isa optent pour la lettre. Aidées de leur professeure de français, elles rédigent chacune un courrier pour le ministre.

Isa apprécie cette professeure, même si elle se permet de la convoquer après la lecture d'une dissertation d'Isa. Rédaction sur l'amitié, où l'adolescente parle de Sophie.

— Je t'ai demandé de venir me voir, Isa, parce que ton caractère à la fois passionné et passionnel me fait peur. Tu t'exprimes si bien à l'écrit, mais j'ai pu m'apercevoir que ce n'est pas la même chose de vive voix. J'aimerais que tu m'expliques pourquoi tu n'y arrives pas.

— Je ne sais pas.

Isa ne sait pas quoi dire à cette femme qui la regarde d'un air bienveillant. Elle est comme ça depuis toujours.

« *Et puis qu'est-ce que ça veut dire passionnel ?* », s'interroge-t-elle en se promettant de jeter un œil dans le dictionnaire.

La professeure la regarde d'une façon qui lui rappelle la dame du C.M.P.P. lorsqu'elle était en sixième.

*« Qu'est-ce qu'elles ont toutes à vouloir que j'exprime ce que je ressens ? Je ne ressens rien. Qu'elles me fichent la paix ! »*

Si Isa ne sait pas exprimer ses émotions, ses yeux le font pour elle. Là, ils disent un profond agacement mâtiné de désarroi.

— Bon, je ne vais pas t'embêter plus longtemps. Mais je voudrais que tu saches que si tu as besoin d'aide, je suis là.

Le samedi suivant, Isa lit la définition de « passionnel » dans le dictionnaire familial : « Qui concerne les passions. » Pas très clair.

En janvier de cette année 1977, les secondes années doivent effectuer pendant trois semaines un stage dans un établissement en lien avec l'agriculture. Isa le fait dans une entreprise fabriquant de la nourriture pour animaux d'élevage. La majorité des autres élèves le font dans des coopératives agricoles, mais beaucoup sont des filles d'agriculteurs. Seules Nadège, Sophie et Isa n'ont pas de parents exploitants agricoles. Les parents de la première ont une épicerie dans le Val d'Oise, le père de la deuxième est facteur et ceux de la troisième sont élève infirmière et magasinier.

Le stage terminé, les filles doivent rédiger un rapport de stage. Entre « les charges », les cours, les entretiens avec son professeur référent de stage – pour elle, il s'agit de M. Delbert – et les devoirs, y compris le week-end, Isa n'a pas beaucoup de temps pour elle et pour écrire. Mais elle arrive à se dégager une demi-heure, voire une heure, le samedi, arguant qu'elle s'entraîne pour le CAP ou qu'elle rédige son rapport. Ce qui n'est pas tout à fait faux d'ailleurs.

Son premier roman, qu'elle baptise *Willnow*, du nom du domaine où vivent son héros et sa famille, est bientôt achevé, tout comme deux trimestres de l'année scolaire. La classe se prépare maintenant pour un examen blanc.

Sophie et Isa savent désormais qu'elles peuvent passer l'examen final en juin. Se greffe alors une proposition de M. Delbert. Les deux amies sont ses meilleures élèves depuis le début de sa carrière, pourquoi ne pas envisager de rejoindre la filière longue en intégrant une première d'adaptation ?

Isa en parle avec Maman et Papa, et Sophie en fait de même avec ses parents. Bientôt, la secrétaire de l'école expédie leurs dossiers au lycée agricole de la Somme.

Quelques jours après les résultats de l'examen blanc, qu'elles réussissent avec brio, la réponse arrive. Le directeur de l'établissement les attend en septembre.

Lors de leurs promenades bras dessus, bras dessous sur le sentier allant des salles de classe à la grille, Sophie et Isa font des plans sur la comète. Après l'obtention de l'examen, elles vont suivre ensemble les cours de la première d'adaptation, option coopération, puis se préparer pour le BTA (brevet de technicien agricole). L'une des autres options ouvertes aux élèves venant de BEPA 2 est crédit. Mais aucune d'elles ne se voit travailler dans une banque. Ensuite, peut-être, une fac de gestion avec un appartement ensemble. Isa sait qu'elle a rencontré ce que l'on appelle une âme sœur. Même si leurs sentiments restent très purs. La seconde âme sœur rencontrée, ou plutôt le premier émoi, est inaccessible. Alors que des filles de sa classe « craquent » sur des chanteurs à la mode – Nadège par exemple est fan de Claude François –, Isa rêve aux yeux d'émeraude de Bertrand Delbert. La seule à connaître son secret est Sophie. Dans leurs conversations, elles appellent l'homme « Panthère », à cause de sa façon de se mouvoir entre les rangées dans la classe.

Mi-juin, la classe passe le CAP d'employé de bureau. Toutes les filles le réussissent, à la grande fierté de la petite professeure de dactylographie, sténographie et organisation de bureau. Reste le BEPA, qu'elles doivent passer dans la Somme.

Les épreuves se déroulent sur deux jours en début de semaine. C'est Papa qui conduit Isa, et Maman qui vient la chercher. Isa est contente de ces journées, excepté l'argumentation du rapport de stage. L'une des deux examinatrices, la plus âgée, lui fait perdre ses moyens en l'interrompant au milieu de son exposé.

En fin d'après-midi de la seconde journée, le président du jury annonce les résultats. Isa échoue à l'examen. Note éliminatoire en rapport de stage. Mortifiée, elle entend la vieille examinatrice dire :

— Vous êtes jeune, une deuxième année de BEPA 2 ne vous fera pas de mal.

Ce jour-là, Isa apprend qu'elle peut avoir des pensées de haine – elle verrait bien cette vieille peau disparaître en fumée comme dans la chanson « Les villes de grande solitude » – et que le destin arrive toujours à ses fins.

Les filles retournent une semaine en classe et, lors du premier cours de comptabilité de la semaine, M. Delbert annonce avec fierté qu'Isa a obtenu la meilleure note dans la matière : 18,5/20.

— Pour ce que ça a servi, grommelle-t-elle.

Isa doit encore apprendre l'acceptation des échecs.
La semaine terminée, elle fait ses adieux à Sophie, qui intègre la première d'adaptation, avec la promesse de s'écrire souvent et de se retrouver l'an prochain.

Le début de l'année scolaire passe assez vite. Isa se partage entre les cours, les charges, son second roman qu'elle appelle *Chatons de saules*, suite de *Willnow*, sa correspondance avec Sophie et, dès la fin janvier, son nouveau rapport de stage. Stage qu'elle effectue en coopérative agricole cette fois-ci. Comme l'an passé, M. Delbert est son référent mais ce n'est plus la même chose. Isa ne peut parler à personne de « Panthère » et des regards qu'il lui jette parfois. Sauf par lettre à Sophie. Cette année-là, l'adolescente fait ce qu'elle sait faire le mieux : elle se renferme sur elle-même.

Mi-mars, alors qu'elle n'a pas d'amie attitrée parmi les élèves de sa classe cette année-là, Isa commence à écouter Nadège, seconde redoublante de la classe. L'adolescente est anéantie par la mort brutale de son idole. Isa apprend « l'écoute bienveillante ». Mais c'est une écoute à sens unique. Isa prête une oreille attentive à Nadège. Mais elle ne lui dit rien. Inutile de trop s'investir. Dans quelques mois, sa nouvelle amie va entrer dans le monde du travail, et Isa en première d'adaptation au lycée agricole près d'Amiens. Si tout va bien. Isa craint un second échec. Elle apprend le défaitisme. Et se montre excellente dans cette façon de voir la vie.

Comme l'année précédente, Isa caracole en tête de l'examen blanc avec une moyenne générale de 18,5/20. Tous les professeurs lui font comprendre que cette année est « son » année. Isa apprend la confiance des autres mais pas encore la confiance en soi.

Et le grand jour de l'examen arrive. Cette fois-ci, c'est Maman qui la conduit sur le lieu des épreuves.

— Ça devrait aller, cette fois-ci, lui dit-elle en guise d'encouragement. Tu as fait un excellent rapport de stage.

— Oui, Maman, répond Isa, un peu rassérénée.

La seconde matinée, l'adolescente a la désagréable surprise de voir comme jurée de l'épreuve « Argumentation du rapport de stage » l'examinatrice responsable de son échec l'année précédente. Apparemment celle-ci la reconnaît puisqu'elle s'adresse à elle avec un :

— Giyaud, vous avez cinq minutes pour vous préparer.

Isa s'exécute, la peur au ventre.

« *Même examinatrice égale même résultat* », se dit-elle.

Pourtant il y a une différence de taille. Le stage ne s'est pas fait au même endroit.

— Vous pouvez venir, appelle l'examinatrice aux cheveux blancs.

Isa s'avance, s'assied et commence l'argumentation de son rapport... Après cinq minutes, la « vieille chipie » pose une question.

— Si vous permettez, dit Isa, surprise de son culot, je répondrai à toutes vos questions après mon exposé !

Isa apprend l'audace des timides.

— Bien sûr, dit la vieille dame.

Isa continue son exposé sans être interrompue une seule fois. Toutefois, celui-ci terminé, elle demande poliment.

— Avez-vous des questions ?

— Non, dit l'examinatrice aux cheveux blancs.

Et sa collègue ajoute avec un sourire :

— La suite de votre exposé a répondu à toutes les questions que nous aurions pu vous poser. Vous pouvez être tranquille de notre côté.

Isa remercie et quitte la salle. Intérieurement, elle jubile. C'est une victoire par K.O. Elle est maintenant sereine quant à l'issue de l'examen… et elle a raison.

Le dernier lundi, M. Delbert annonce qu'elle a encore obtenu la meilleure note en comptabilité. Il termine en ajoutant :

— Mais cette année, tu n'as eu que dix-sept, qu'est-ce qu'il s'est passé ?

— Oui, mais j'ai mon diplôme, rétorque Isa.

Il ne trouve rien à lui répondre et le cours reprend.

Au moment du goûter, Isa, Nadège et deux autres filles dégustent leurs viennoiseries debout sur les marches du château. La professeure de français franchit la porte venant de la salle des professeurs et s'adresse sans ambages à Isa.

— Tu as une mention Bien. Tu as raté la mention Très bien à cause de ton écriture illisible.

Isa apprend l'insatisfaction perpétuelle des adultes. Le « C'est bien… mais… ».

La semaine terminée, Isa dit au revoir à Nadège et à deux autres filles, Christine et Florence, avec lesquelles elle a sympathisé. En septembre, elle entre au lycée agricole près d'Amiens.

Mais elle sait déjà qu'elle ne retrouvera pas Sophie. Celle-ci, au vu de ses résultats, ne passe pas en terminale. Son père l'a inscrite dans une école beauvaisienne formant au BEP d'aide-comptable.

Isa intègre qu'il ne sert à rien de faire des plans sur la comète. Quand le destin décide quelque chose, on ne peut aller outre. Isa apprend le fatalisme.

Septembre 1978 arrive. Chaque enfant de la fratrie a un lieu de scolarité différent. Jean-Paul est en cinquième au collège, Nadine en seconde au lycée Cassini, Isa en première d'adaptation au Paraclet dans la Somme. Isa s'interroge sur les bizarreries de la vie qui font que sa cadette et elle n'ont qu'une classe de différence.

« *Si je redouble, on passera le bac ensemble* », songe Isa.

La jalousie pointe de nouveau son vilain nez.

Isa n'envisage pas une seconde que sa sœur redouble une année. Tout semble se dérouler de façon si parfaite pour Nadine. À croire que sa vie est un chemin fleuri.

C'est Maman qui conduit Isa au lycée, au volant de la nouvelle voiture achetée en 1976. Isa découvre le lieu où elle va vivre pendant deux ans. Rien à voir avec le château de l'Épine. D'emblée la voiture prend la direction du dortoir des filles. Il est un peu éloigné du bâtiment principal mais tout est très bien indiqué. La chambre d'Isa est au milieu du couloir en face du coin lavabo-douche.

— Je crois que c'est là, dit Maman en poussant la porte.

Isa ne dit rien. Ce n'est pas la première fois qu'elle est en internat mais l'inconnu lui fait toujours peur, comme si elle se demandait ce qui va encore lui tomber sur la tête. Isa apprend l'angoisse.

Dans la chambre, il y a déjà trois filles et un couple. Maman salue toutes ces personnes. Isa l'imite d'une voix timide. Il ne reste qu'un lit de libre, près de la fenêtre dans un renfoncement. À la tête du lit, coincée entre celui-ci et le mur, une armoire métallique pour ranger les vêtements de la semaine.

Maman aide Isa à faire son lit avec les draps apportés, et la couverture et le couvre-lit fournis par l'intendance du lycée. Puis elles se quittent.

Le couple de parents sort de la chambre et les filles restent seules. Isa apprend très vite en les écoutant parler que deux d'entre elles sont amies et viennent du même établissement, dans l'Aisne. La troisième habite la Somme. Personne ne pose de questions à Isa. Ses vêtements rangés, elle sort de la chambre pour visiter l'étage. Elle décide ensuite d'aller se balader à l'extérieur du bâtiment, histoire de faire connaissance avec les lieux et peut-être des personnes.

Elle se dirige tout d'abord vers le parking, où des voitures continuent à arriver. Parfois elles sont conduites par de jeunes hommes, parfois par des personnes plus âgées. De là, elle gagne l'entrée du bâtiment principal et pénètre dans l'établissement. Il y a des filles assises dans une salle sur la gauche. Elles bavardent. Isa passe son chemin, continuant sa visite. Mais elle ne monte pas à l'étage.

Au milieu du hall, les noms des classes et l'identité des élèves sont inscrits sur des feuilles punaisées sur des panneaux de bois. Isa repère la première d'adaptation et y lit son nom. Apparemment, ils seront une petite trentaine d'élèves. Les autres classes vont des secondes générales, quatre classes, aux premières, quatre classes – agriculture-élevage, option crédit ou coopération, D' et adaptation. Isa se demande à quoi correspond le D'. Elle sait ce qu'est une première D puisque c'est la future classe de Nadine mais D'... Il y a ensuite trois terminales.

*« Les premières d'adaptation doivent fusionner avec une autre classe. »*

Il existe, en sus de toutes ces classes, une formation permettant d'obtenir un BTS commerce agricole et une préparant à l'examen d'entrée à l'école d'ingénieur et technicien agronome.

D'autres jeunes lisent eux aussi leurs noms. Isa compte ensuite le nombre de filles dans sa classe : sept avec elle. C'est un autre grand changement par rapport à l'école du château de l'Épine.

Comme le temps est clément, Isa décide de retourner dehors. Plusieurs dizaines d'adolescents sont assis dans l'herbe devant le terrain de sport. Isa les imite et prend le roman apporté dans ses bagages. Elle remarque quelques regards curieux mais personne ne lui adresse la parole jusqu'à l'arrivée d'une fille blonde. Celle-ci regarde Isa et s'assied à côté d'elle.

— Nouvelle ? demande-t-elle.

« *Ça se voit tant que ça ?* » se demande Isa.

Pourtant elle répond :

— Oui.

L'autre sourit :

— Michèle, je suis en première agriculture-élevage.

— Isabelle, première d'adaptation.
Rien n'est dit de plus, une femme d'une cinquantaine d'années vient d'arriver, l'air sévère.

— Jeunes gens, un peu de tenue. Vous n'êtes pas sur la plage.

Isa se redresse d'un bond. Elle a toujours ce rapport de crainte avec l'autorité. Comme si les adultes avaient le pouvoir de la foudroyer sur place. D'autres se relèvent de façon plus nonchalante. Des habitués sans doute.

— Et vous voudrez bien revêtir vos blouses.

Isa sort la sienne de son sac sous le regard toujours sévère de la femme. Est-ce qu'elle regarde Isa en particulier ou celle-ci se fait-elle des illusions sous le poids d'une culpabilité malsaine ?

Des dizaines d'adolescents l'imitent.

— Bien, vous allez maintenant vous rendre dans vos salles de cours, vos professeurs principaux vous attendent.

Isa apprend plus tard que cette femme a l'air revêche est la surveillante générale du lycée.

Elle regarde sa montre de façon discrète. Il est seize heures. Vont-ils rester en classe jusqu'à dix-neuf heures ?

Les jeunes obéissent avec plus ou moins d'enthousiasme. Isa se dit qu'elle est là pour décrocher l'équivalent du baccalauréat et qu'elle va faire tout son possible pour l'obtenir en moins de deux ans.

La salle dévolue aux premières d'adaptation est spacieuse, éclairée par d'immenses baies vitrées qui laissent voir le parc de l'école mais également, plus loin, la partie « exploitation agricole » et la campagne environnante. La classe au complet aujourd'hui se divise en plusieurs groupes. Le plus important est agriculture-élevage, celui avec le moins d'élèves, coopération. Il se compose de Marilyne, une fille aux cheveux méchés, et d'Isa.

Isa se demande si un professeur va faire cours simplement à deux élèves. Elle apprend par la suite que les cours de groupe se font avec les élèves de la classe de première correspondante.

Les jours passent ; Isa s'habitue au rythme du lycée et au fait de prendre le train toute seule les samedis vers treize heures et les lundis matin. Elle n'a pas d'amie attitrée mais passe les moments de temps libre avec trois filles de sa classe, Marie-France en groupe agriculture-élevage, Sylvie et Éva du groupe crédit, et un garçon du même groupe que la première des filles. Il porte le même prénom que Papa et vient de l'Oise comme Isa. C'est un grand garçon blond, un peu dégingandé, que tous surnomment Paulo.

Parfois lors des interminables parties de belote chez les grands-parents maternels, un des oncles dit, s'adressant à Papa, « Alors, Paulo, tu suis ? »

« *C'est toujours mieux que Popaul* », songe Isa en pensant au surnom donné au petit frère par Maman.

Petit nom pas très adéquat. Un « Popaul », c'est comme une « tiote biloute » selon Marcelle. Isa espère que Maman va perdre cette habitude d'appeler le petit frère de cette façon. Il a douze ans tout de même.

À la fin du premier trimestre, deux élèves de la classe de préparation à l'école d'ingénieur se mêlent au petit groupe, que les autres garçons de la première d'adaptation nomment avec un peu d'envie ou de jalousie : « Paulo et son harem ».

En mars, la classe de BTSA accueille un groupe venant d'Écosse. Ce sont de grands gaillards, roux principalement, taillés comme des piliers de rugby, bruyants et remuants. Leur amusement favori consiste à envoyer des bombes à eau sur les élèves passant sous les fenêtres depuis leurs dortoirs.

Le lendemain, personne ne passe en bordure du bâtiment… sauf Isa. Elle ne se l'explique pas mais elle a confiance. Elle s'avance, et une voix venant du ciel l'arrête :

— Hey, Darling, you are very nice ! You want sleep with me tonight ?

Isa lève les yeux et secoue la tête sans rien dire mais ses yeux sourient.

Marie-France et Sylvie s'approchent.

— Qu'est-ce qu'il voulait ? demande la seconde.

— Rien, dit Isa en accélérant le pas.

Elle entend alors un grand cri de protestation, assorti d'un rire tonitruant. En se retournant, elle s'aperçoit que les deux filles, rejointes par Éva, viennent d'être arrosées.

Isa continue son chemin en s'interrogeant : pourquoi n'a-t-elle pas été arrosée ? À cause de cette confiance que rien ne lui arriverait ?

Isa commence à apprendre la confiance en l'Univers.

Les mois passent. La semaine, Isa étudie. Le week-end, elle continue à écrire. Sa saga est terminée et elle commence un roman, toujours sur fond de relations entre garçons. Cette fois-ci, l'histoire se passe à Paris et ses personnages sont français.

En juin, Isa sait qu'elle passe en classe supérieure, tout comme le reste de la classe. Avant la prochaine rentrée, elle doit effectuer un stage de deux mois dans une coopérative.

Elle retourne dans celle qui l'a accueillie en janvier 1978. Comme à cette époque, elle loge chez sa grand-mère paternelle.

Le premier matin, elle enfourche la mobylette bleue prêtée par Papa pour accomplir le trajet de deux kilomètres. Mais une chute sur le gravier le vendredi suivant la dissuade de continuer à utiliser l'engin. Isa aime les deux-roues mais elle n'apprécie pas de se retrouver à terre… donc elle met son envie de conduire une petite moto dans un coin de son esprit avec son mouchoir par-dessus. Isa apprend le découragement.

Pourquoi n'arrive-t-elle pas à faire quelque chose d'aussi simple que de conduire une mobylette alors que Nadine enfourche tous les jours la sienne pour se rendre au lycée ?

*« Mais bon, Nadine réussit à faire tout ce qu'elle veut »*, pense Isa, revêtant sa tenue de jalousie personnifiée.
Le samedi à table, Papa dit :

— Tu veux que j'apporte ton vélo chez Grand-Mère ?

— Le tien rentre plus facilement dans le coffre, non ?

— Oui.

— Et puis je m'en suis déjà servi l'an dernier.

Isa fait référence au voyage de fin d'année que la classe de première d'adaptation a fait jusqu'à la baie de Somme. Périple fait à bicyclette.

Papa ne répond pas. Il n'est pas un grand causeur. Mais dans l'après-midi, il met son vélo dans le coffre de la voiture. Isa et lui se rendent chez grand-mère Dorine pour le déposer.

Quelques jours avant la rentrée scolaire, Maman lui annonce :

— Je t'ai inscrite à l'autoécole. Tu as presque dix-neuf ans. Il est temps que tu passes ton permis.

Isa ne se réjouit pas de la chose. Va-t-elle être capable de manier correctement le véhicule, se servir des pédales, faire les manœuvres ? Elle se voit rater l'examen de conduite. Malgré sa réussite au BEPA l'an passé et sa chance de passer en terminale, Isa ne se rappelle que la fois où elle a échoué. Isa apprend la mémoire sélective.

Pourtant il y a une chose bien plus réjouissante que l'éventuel échec au permis de conduire. Les parents de Sophie l'autorisent à passer une journée avec elle.

Le jour dit, Maman et Isa vont chercher la jeune fille à la gare. Le reste de la matinée, les deux amies déambulent dans les rues du village d'Isa.

En début d'après-midi, Maman les conduit dans le centre de Senlis pour qu'elles y passent quelques heures. La journée est idyllique. Isa fait visiter la vieille ville à son amie. Elles vont voir la cathédrale, se promènent sur les pavés. Elles partagent une boisson chaude et une pâtisserie à la terrasse d'un café pas très loin de la poste.

Vers dix-sept heures, elles rejoignent le parking ombragé pas très loin de la sous-préfecture, où Maman les attend. Sophie doit prendre le train pour Beauvais à dix-huit heures et Isa a sa première leçon de code à dix-huit heures trente.

Les deux amies sont heureuses de leur journée et promettent de se revoir. Pour l'instant elles vont continuer à correspondre. Isa retourne près d'Amiens quelques jours plus tard et Sophie poursuit ses études pour obtenir le CAP d'aide-comptable dans l'Oise.

Durant cette année de terminale, Isa ne côtoie plus Éva, Sylvie et Marie-France. Le groupe « Paulo et son harem » s'est dissout de lui-même. Marie-France et Paul sont en terminale agriculture-élevage, les autres filles et Isa en terminale crédit ou coopération. Ils pourraient se voir lors des moments de temps libre mais pour Isa, sans les autres garçons maintenant en école d'ingénieur agronome, ce n'est plus pareil. Isa reste donc solitaire tout en bavardant avec qui veut bien lui adresser la parole.

Un samedi, dans le train, lui arrive une aventure cocasse. Un vagabond arpente le wagon où elle se trouve et donne à la personne devant lui un petit papier. Arrivé devant Isa, il la regarde longuement, feuillette la liasse qu'il a dans la main et lui tend un papier plié en quatre. Il est écrit :

« *Achetez-moi votre bonheur ; prix, ce que vous voulez.* »

Isa donne cinq francs et il lui remet un papier qu'il choisit. L'homme disparu, elle lit le message.

« *Vous croyez que l'on ne vous aime pas, en fait, on vous estime beaucoup.* »

Isa fait une énorme différence entre l'amour – être aimé, avoir quelqu'un qui nous aime, ce qu'elle n'a pas – et être estimé, qui peut s'apparenter à être admiré. Elle se demande souvent au lycée pourquoi aucun garçon ne cherche à la « draguer » ? En première année, elle faisait partie du « harem de Paulo » et deux autres garçons faisaient partie du groupe, peut-être était-elle considérée comme intouchable.

Mais cette année ? Deux réponses se font jour en elle : soit elle est si jolie qu'ils ne s'imaginent pas qu'elle soit célibataire, soit elle est si moche qu'aucun ne veut apprendre à la connaître.

Avec son complexe d'infériorité, Isa penche pour cette dernière possibilité.

Elle poursuit la lecture du petit papier : « *Vous rencontrerez votre conjoint au cours de votre élévation professionnelle.* »

Donc « on » lui prévoit un mariage. Isa apprend le scepticisme. Qui pourrait vouloir d'elle ?

Lors de ses retours à la maison, Isa apprend à conduire. Elle obtient le code très vite. Mais pour la pratique, ce n'est pas pareil.

Le patron de l'autoécole est un homme impulsif, aux colères violentes. Quand il se trouve à côté d'elle dans la voiture, Isa perd ses moyens et fait toutes les fautes possibles. Elle préfère lorsqu'elle conduit avec Didier, l'autre moniteur.

Un jour de novembre, après une dernière colère du patron, Isa déclare :

— J'en ai marre, je rentre à pied ! avant d'arrêter la voiture sur le bas-côté et de descendre.

Elle se moque bien de se trouver à plus d'une vingtaine de kilomètres de la maison. Cet homme lui est insupportable. Isa apprend l'impulsivité.

Elle fait quelques pas avant d'être rejointe par le moniteur.

— On va rentrer. Je pense que ça suffit pour aujourd'hui.

Tout en conduisant, Isa pense aux conséquences que va avoir son moment d'emportement. L'homme va se plaindre à Maman ou Papa, il va refuser qu'Isa passe son permis. Quand elle a peur, Isa apprend l'irrationalité.

Rien ne se passe ainsi. Le samedi suivant, Didier est au volant de la Renault 5 de l'autoécole.

— Tu conduis avec moi maintenant, dit-il à une Isa soulagée.

Avec le trentenaire, Isa fait des progrès remarquables en conduite et, le 28 février 1980, elle obtient enfin le sésame.

Maman et Papa lui achètent une petite Renault 5 d'occasion auprès de l'un des gendres de Ginette. Elle est orange et Isa ne tarde pas à donner un prénom à sa quatre-roues : Orangina, ou plutôt Gina.

Au volant de sa « Gina » – est-ce une forme d'anthropomorphisme ? –, Isa rend visite à grand-mère Dorine, à quinze kilomètres de là, accompagnée de Nadine et Jean-Paul, ou à ses grands-parents maternels à une heure de là. Elle reste avec eux du vendredi dans l'après-midi au dimanche après le repas. Grand-Mère lui parle de sa jeunesse, de sa propre grand-mère maternelle, mémé Pauline, et de sa rencontre avec Pépé. Isa adore entendre des histoires sur ses racines. Grand-Mère a des dictons :

— Un homme, y doit avoir fait s'jeunesse avant de convoler, clame-t-elle haut et fort avec son accent de terroir. C'est ce que mémé Line, elle a demandé à Marcel : « T'as-t'y-fais d'jeunesse, mon gars ? »

Autre maxime de mémé Léonie :

— Un homme, c'est comme un melon, faut en tâter plusieurs avant d'trouver le bon.

Maman aussi leur parle de son enfance. Depuis ses études d'infirmière, elle semble plus ouverte. Ou bien elle pense que ses filles sont en âge de comprendre.

— Pour jouer, je m'étais fait une poupée avec un bout de bois que j'habillais de vieux chiffons. Un jour, ma sœur l'a jetée dans la mare. J'ai essayé de la récupérer et j'ai été punie. Avec le temps, je pense que Maman a dû avoir peur que je ne me noie. Je lui ai dit que c'était la faute de votre tante mais celle-ci n'a pas été punie. C'était la chouchou à sa maman.

Isa connaît les rapports houleux de Maman avec sa benjamine. Les coups de pied donnés par cette dernière lorsqu'elles sont dans le lit commun. Les deux filles échangent un regard. Isa sait que Nadine comprend tout comme elle pourquoi elles ont toujours eu leur propre lit.

— Quand on a commencé à aller au bal, elle me volait systématiquement mes petits copains. Sauf votre père. Avec lui, ça n'a pas marché.

Isa perçoit un tel ressentiment chez sa mère qu'elle comprend pourquoi les deux femmes sont brouillées depuis des années. Isa s'interroge sur le fait que Maman et elle aient la jalousie fraternelle en trait de caractère commun. À la décharge de la plus âgée, sa sœur était méchante. Ce qui n'est pas le cas de Nadine.

Isa a toutefois un problème avec sa cadette. Elle ne sait pas lui dire non. Petite, elle acceptait de lui ôter ses chaussettes et de lui masser les pieds. Aujourd'hui elle l'emmène chez son boy-friend, mettant à mal sa jalousie toujours sous-jacente. Il y a quelque chose d'ambigu dans les rapports d'Isa avec Nadine.

Cela s'appelle l'amour inconditionnel. Et personne n'y peut rien. Isa moins qu'une autre.

Lors des vacances de Pâques, Isa se rend au village où habite Sophie. Elles se sont mises d'accord, cette dernière l'attend sur la place.

Elles passent l'après-midi à Beauvais. Isa ramène ensuite son amie chez elle. Elle arrête la voiture au bord du trottoir et aperçoit une femme aux cheveux châtain clair qui attend en bas de deux marches d'escalier.
– C'est là, dit Sophie en désignant la femme qui les regarde.

Isa fait un signe de tête poli à la belle-mère de son amie mais celle-ci ne lui demande pas de descendre et Isa repart.

Sur la route, des questions l'assaillent :

*« Pourquoi Sophie ne m'a-t-elle pas présentée à M*me* Girot ? A-t-elle honte de notre amitié ? »*

Isa apprend le doute.
Le troisième trimestre se termine très vite. Des professeurs, dont celui de gestion, lui proposent de poursuivre ses études à l'université et de préparer un cursus de gestion générale. Mais Isa en a assez des études. Elle veut travailler.

Son brevet de technicien agricole en poche, Isa quitte le système scolaire.

Début août de cette année 1980, sa vie change. Elle est embauchée comme agent du service hospitalier, où travaillent Maman et Papa.

# Chapitre six

La vie place de nouveau Isa sur une voie non prévue. Il y a un monde entre les études suivies et l'activité professionnelle qu'elle exerce maintenant.

Le plus étrange de la situation est que Maman est l'infirmière du service « Hospice », celui-là même où Isa travaille. Elles ne viennent pas ensemble, leurs horaires sont différents. La première travaille de journée avec une pause de une heure trente le midi, la seconde est soit du matin, soit d'après-midi.

Le matin, Isa aide l'aide-soignante en poste à préparer les petits-déjeuners, à s'occuper des personnes présentes dans le service, toilette, lever et mise en fauteuil, repas, change ; l'après-midi, le travail est le même, excepté les toilettes, qui ne sont plus à faire.

Elle apprécie toutes les aides-soignantes ou agentes de service hospitalier avec lesquelles elle travaille. À une exception près.

Un lundi, alors qu'elle commence sa semaine d'après-midi, Isa a la désagréable surprise de voir Catherine Settler en tenue d'aide-soignante dans le bureau des infirmières. Il sert aussi de vestiaires.

Tout lui revient mais elle n'en montre rien. Isa est maître dans l'art de dissimuler ses griefs ou ses peurs. Seul consentement à son ressentiment, elle ne salue pas son ancienne camarade de collège.

Isa apprend qu'elle a la rancune tenace. Ressemble-t-elle à Maman plus qu'elle ne le croit ?

Une certaine routine s'installe. Isa a un week-end sur deux de repos, dont un de presque soixante heures quand elle termine un vendredi du matin et recommence le lundi d'après-midi.

En janvier, Isa fête ses vingt ans. Elle est encore célibataire. Bien sûr, il arrive que des garçons l'embrassent lors de bals mais les choses s'arrêtent là. Parfois il lui arrive de penser ou même de dire à Maman qu'elle va vieillir seule avec ses chats. Isa est passée maître dans l'exercice du pessimisme.

— Tu n'en sais rien. Sois un peu plus optimiste ! l'exhorte Maman.

Isa se contente de hocher la tête.

*« Comment peut-elle me dire d'être optimiste alors qu'elle s'imagine toujours le pire ? C'est l'hôpital qui se moque de la charité. »*

*En mai de cette année 1981,* elle commence les cours de l'école d'aide-soignante dans un hôpital du département avec une autre fille, Évelyne. Elles sont les seules à pouvoir prétendre au diplôme, l'une parce qu'elle détient un BEP sanitaire et social, l'autre parce qu'elle a un équivalent du baccalauréat.

Elles vont ensemble aux cours théoriques mais pas aux stages pratiques. Isa commence à apprécier le milieu hospitalier. Elle aime en particulier l'ambiance surchauffée des urgences.

Un jour de fin août, Isa se rend à Paris en train. Après un échange de quelques lettres, Sophie et elle vont de nouveau se rencontrer et passer la journée ensemble.

Elles se rejoignent sur un quai de la gare du Nord puis prennent le métro. Isa est novice mais elle a une confiance absolue en son amie. Sophie étudie dans la capitale depuis un an et vit chez ses grands-parents maternels. Toutefois, elles ne vont pas chez eux. Isa a de nouveau cette impression qu'elle doit être cachée. Toutefois la journée se passe de façon idyllique. Elles se promènent près du palais présidentiel, près de la basilique de Montmartre, vont à Beaubourg et au jardin des Tuileries. Là, deux Japonais les interpellent en montrant un appareil photo. Elles pensent qu'ils veulent se faire photographier mais l'un d'eux leur fait comprendre qu'ils veulent les coucher sur pellicule. La chose faite, ils se quittent après les remerciements des deux hommes. Isa se demande même s'ils ne sont pas en couple tant leur complicité est grande.

Le seul et unique cliché de Sophie et d'Isa ensemble part alors au Japon.

La journée terminée, les deux filles reprennent le métro, et Sophie reconduit Isa jusqu'à son quai de départ.

Quelques semaines plus tard, Isa poste une lettre.

Puis une autre…

Et enfin une troisième.

Sophie ne répond toujours pas.

Isa écrit alors une dernière lettre où elle rédige ces mots : « Je ne vais pas user de l'encre à écrire. Cinq ans d'amitié, c'est peut-être trop pour toi, alors inutile de renouveler le bail. »
Voilà comment Isa apprend la disparition d'êtres chers.

En mai 1982, le CAFAS (certificat d'aptitude à la fonction d'aide-soignante) en poche, Isa travaille de nouveau avec Maman et la jeune infirmière diplômée d'État embauchée pendant son absence.

Elle veut « souffler » avant de poser sa candidature pour l'examen d'entrée à l'école d'infirmière comme l'y exhortent la directrice de la maison de retraite et les deux infirmières.

L'un des buts de cette fin de printemps est de trouver avec qui partir en vacances les trois dernières semaines de juin, maintenant que Sophie ne fait plus partie de sa vie. Isa désire de l'indépendance. Elle a vingt et un ans, il est temps de s'émanciper.

La solution vient quand Maman lui dit, alors qu'elles sont au travail :

— J'ai demandé à ta grand-mère qu'elle propose à ta tante que Claudine parte avec toi. Elle est d'accord.

Mi-juin, Isa part en vacances avec sa cousine Claudine. Papa et Maman les guident jusqu'en Vendée, puis repartent le lendemain, les laissant seules.
Le temps n'est pas idyllique mais les deux filles ont d'autres programmes.

Sorties en boîte de nuit, couchers aux aurores. Isa apprend la vie de « patachon ».

Pourtant un événement se produit durant ces vacances. Lors d'un appel téléphonique à Maman celle-ci lui dit :

— Marcelle est à l'hôpital. Elle a eu un accident de voiture.

Isa serre le combiné, elle attend. Elle ne dit rien. Elle en est incapable.

— Téléphone dans trois jours, je te donnerai des nouvelles.

Trois jours plus tard, Isa appelle Maman. Sa première phrase après le « bonjour, c'est moi » est :

— Comment va Marcelle ?

Silence gêné de Maman. Ce qui n'arrive que très rarement. Pour ne pas dire jamais.

— Elle est morte le jour de son accident. On l'a enterrée hier. Je ne t'ai rien dit car je ne voulais pas que tu remontes comme une furie.

Sous-entendu : « Que tu risques un accident. »

Isa raccroche sans dire quoi que ce soit. Elle se tourne vers Claudine, qui attend à côté de la cabine téléphonique.

— Allons rouler.

Elles le font pendant une heure, Isa au volant reste muette. Sa passagère respecte son silence. Jusqu'à ce qu'Isa parle.

— Marcelle est morte. Et elle me l'a caché ! Comment elle a pu me faire ça ?
On ne peut pas toujours savoir pourquoi nos proches agissent de telle ou telle façon et c'est le cas d'Isa vis-à-vis de Maman. Isa apprend l'incompréhension.

La complicité avec Claudine refleurit. Isa lui parle de ses romans avec détachement, comme on parle d'un film que l'on vient de voir.

Quelques semaines plus tard, le père de Claudine, gardien d'une propriété, annonce à Isa, venue en visite, que « ses patrons » veulent la voir.

Les patrons en question sont éditeurs. Il leur a parlé d'Isa et ils veulent la rencontrer. Coup de chance ? Non, car la seule question que l'un d'eux lui pose – l'autre a plus une fonction de « potiche » – est :

— Pourquoi parler d'homosexualité, vous ne connaissez pas ?

Fin de l'entretien avant qu'il ne commence. Isa, toujours aussi timide, ne peut rétorquer ce qu'elle pense :

*« Et l'imagination, vous en faites quoi ? Vous n'écrivez jamais d'histoire mettant en scène un couple hétéro, vous ? »*

Chacun son ghetto comme on dit. Isa apprend l'amertume.

Pour se consoler, elle se dit que les éditions en question publient des livres trop intellectuels pour que son roman et sa suite en fassent partie.

Pour rebondir après cet échec, Isa décide d'envoyer son roman à une maison d'édition. Elle demande à un libraire qu'elle connaît de lui relier ses feuilles de tapuscrit. Elle achète un lot d'enveloppes en papier kraft. Elle place son roman dans l'une d'elles sans oublier de joindre une enveloppe timbrée pour la réponse, mais Isa ignore la ligne éditoriale de cette maison et la réponse n'est pas celle espérée.

*« Nous ne pouvons donner suite à votre demande. Notre maison publie des œuvres déjà publiées. »*

Isa, l'ignorante, a envoyé son œuvre à J'ai Lu.

De nouveau un échec, mais elle commence à s'y faire. Et puis la vie, ou plutôt la routine, reprend ses droits. Seule différence : une fois par semaine, elle rend visite à Claudine. Elles sortent dans les environs. Isa écrit son journal mais plus de romans.

En septembre, pour la première fois, les deux cousines entrent dans une discothèque à quelques kilomètres de chez Isa et cela devient une habitude incontournable.

Tous les dimanches, sauf si elle est postée d'après-midi, Isa va chercher Claudine et elles passent l'après-midi, voire la soirée, dans le dancing.

Maman commence à lui demander si elle ne s'est pas trouvé un copain.

Isa a bien un copain mais pas dans le sens où l'entend Maman. Isa a trois camarades de danse et de rigolade, dont un duquel elle est très proche. Mais ce sont aussi ceux de Claudine.

À la fin de l'été 1983, seize mois après avoir obtenu son diplôme d'aide-soignante, Isa est admise comme élève infirmière et, dès lors, elle va faire ce que dit si justement John Lennon. Elle va faire autre chose pendant que sa vie passe.

# Chapitre sept

Isa est désormais élève infirmière de première année au centre hospitalier interdépartemental. Avec les cours à apprendre et les stages à effectuer, elle n'a plus trop le temps d'écrire. Elle privilégie pourtant les sorties du dimanche après-midi avec Claudine pour retrouver leurs « copains de boîte », comme elles les appellent.

Lors des cours, elle sympathise avec quelques personnes mais reste ce qu'elle a toujours été : renfermée sur elle-même. Seuls Claudine et « les copains de boîte » savent qu'elle aime rire et danser jusqu'au bout de la soirée. Isa a l'impression que sa vie est cloisonnée. Isa, avec Claudine et leurs « potes » du dimanche. Isabelle, ou Giyaud, pour les autres élèves infirmiers ou les moniteurs.

Le 1er octobre de cette année 1983 a lieu un événement important pour Isa. Nadine se marie. Isa essaie de se réjouir pour sa cadette mais ce n'est pas facile. Sa jalousie lui susurre : « *Tu es la première née donc tu devrais être à sa place. Tu dois tout faire la première sinon ce n'est pas la peine d'être l'aînée.* »

*Avant*, Isa ajoutait : « *Et être la première en tout* » mais la vie lui a fait comprendre de façon parfois brutale que ce n'était pas possible.

Ce jour de liesse familiale, ni Maman ni la jeune mariée ne lui imposent un cavalier, comme aux autres mariages de la famille. Isa n'a pas du tout envie de se retrouver au bras d'un inconnu qui la supportera comme on s'accommode d'un boulet. De toute façon, les seuls membres de la belle-famille qu'elle connaît sont les parents et les frères du marié. Les trois garçons sont tous plus jeunes qu'elle.

*« J'ai passé l'âge de supporter des ados boutonneux. »*
*Isa suit donc le cortège en compagnie de ses grands-parents maternels.*

*Au début*, le jeune couple habite un studio, puis ils trouvent une petite maison en location. Isa a de nouveau des velléités d'indépendance. Il est plus que temps, elle a vingt-trois ans. Elle se propose comme prochaine locataire aux propriétaires du petit appartement.

C'est ainsi que fin novembre, elle emménage dans son premier logement. Elle ressent une certaine fierté d'avoir maintenant son chez-elle, de pouvoir conduire sa vie comme elle l'entend. L'appartement se situe au premier étage d'une maison bourgeoise. Grâce au parquet en chevrons dans la pièce principale, Isa a l'impression de retourner à la vie de château.

Le 31 décembre de cette année 1983, Isa rencontre Daniel Barbery, âgé de onze mois de plus qu'elle. Daniel se montre charmeur. Il fait rire Isa. Il se montre attentionné.

Les deux jeunes gens ont beaucoup de goûts communs. Très vite, une relation fondée sur une affection mutuelle s'établit entre le jeune homme et Isa. Elle ne ressent pas la passion romantique dont elle rêve depuis toujours mais elle aime assez Daniel pour envisager une vie commune.

En septembre 1984, Isa quitte son appartement pour un deux-pièces. Logement qu'elle partage dès le mois suivant avec celui qui est devenu son fiancé entre-temps.

Fin janvier 1985, Nadine devient maman. Isa vit la maternité de sa cadette d'une façon plus sereine que le mariage de cette dernière. Daniel et elle parlent de leur prochain mariage. La date choisie est le premier samedi du mois de juillet.

Isa va chez Nadine lorsque Daniel travaille d'après-midi. Elle arrive vers dix-sept heures et repart avant le dîner. Parfois elle mange avec le jeune couple. Les rapports entre les deux sœurs sont sereins pour ne pas dire cordiaux. Ou même amicaux, si l'amitié n'a pas besoin de dialogue. Isa est ce que l'on appelle une « taiseuse », mais Nadine la bat à plate couture. La preuve ? Isa parle à sa sœur de son travail, parfois de Daniel. Nadine ne fait rien de tout ça. Elle écoute, c'est tout.

Isa apprend l'échange à sens unique.

Les deux sœurs se promènent dans le village avec le neveu d'Isa dans son landau. Car il faut bien l'admettre, Isa vient rendre visite à sa sœur mais elle vient surtout voir le petit Matthieu. Isa veut que son neveu apprenne à la connaître. Et quoi de mieux que des visites régulières toutes les trois semaines ? Durant ses visites, Isa apprend que, tout comme elle, Nadine est maître en communication non verbale. Elles se comprennent sans que rien ne soit dit.

Isa n'oublie pas le sentiment de jalousie de son enfance. Mais elle passe au-dessus. Nadine n'a pas demandé à naître la seconde.

Isa apprend les lapalissades.

Fin juin 1986, Isa devient infirmière psychiatrique. Le but professionnel fixé est atteint. Elle ressent la fierté d'avoir réussi et d'être l'égale de Maman. Du moins en ce qui concerne le travail.

Elle retourne travailler à la maison de retraite. Mais pas dans le service de Maman. C'est à la fois une bonne chose – Isa trouve malsain de travailler avec sa mère, leurs rapports étant faussés – et une mauvaise. Sa collègue de travail se montre désagréable au possible. Elle projette sur Isa la rivalité vécue avec Maman. Chacune exerce la fonction d'infirmière chef de service. Chacune désire que son service soit le meilleur de l'établissement. Isa se trouve en porte-à-faux. Fille de l'une, travaillant avec l'autre.

Bientôt Isa quitte l'établissement. Non pas en démissionnant mais parce qu'elle va prendre un congé maternité.

Début octobre 1986, Isa devient maman. Kevin est un joli bébé brun aux yeux bleus. Isa sent qu'elle peut abattre des montagnes pour ce petit être dans son berceau. Isa apprend l'amour maternel.

Kevin fait la fierté de ses parents et de ses grands-parents. Surtout celle de Mireille, la mère de Daniel, dont il est le premier petit-fils.

Entre la tenue de la maison, l'éducation de son bébé et la reprise de son activité professionnelle, Isa oublie tout à fait l'écriture. Daniel et elle font le projet d'acheter un pavillon. Mais au premier questionnement, c'est Isa qui prend le taureau par les cornes en contactant différentes agences immobilières. Daniel souhaite vivre dans une maison ancienne comme celle de ses propres parents mais ne fait rien pour accéder à son rêve.

Ils visitent plusieurs maisons mais les réparations se montrent importantes. Daniel n'est pas bricoleur, Isa ne veut pas déranger Papa. Après concertation avec son mari, elle contacte un constructeur de pavillon. Les premiers travaux commencent en juin 1987. La future maison du couple se situe à égale distance de la vieille maison de ville de Mireille et Raymond, les parents de Daniel, et du pavillon de Papa et Maman.

En février, alors qu'Isa est enceinte pour la seconde fois, le déménagement s'organise. Maman vient l'aider à faire ses cartons. Depuis qu'Isa est mère de famille, Maman se montre plus ouverte. Elle parle à Isa de sa petite enfance, de sa fierté d'avoir une si jolie petite fille. Brune aux yeux foncés. Elle avoue à Isa avoir toujours eu un complexe vis-à-vis de ses yeux.

— On m'appelait « lapin russe » à l'école. Parce que mes yeux ont tendance à devenir rouges.

Maman et elle ont encore un point commun. Isa apprend que les ressemblances se logent dans les détails.

Très vite pour la sécurité de Kevin, Daniel clôture la propriété, aidé de son père. Le garçonnet de quinze mois montre un caractère fort qui rappelle celui de Nadine petite. Un jour qu'elle lui crie dessus, Isa s'arrête net. Elle a l'impression désagréable d'entendre Maman hurler à ses oreilles.

Isa apprend de façon brusque une véritable prise de conscience.

Plus jamais elle ne hausse la voix sur son fils. Il y a d'autres moyens d'élever un enfant que de lui agresser les tympans.

Adrien vient au monde en juin 1988. A contrario de son frère aîné, c'est un bébé puis un petit garçon très calme. Isa ressent de nouveau un amour incommensurable. Elle n'a aucune difficulté à communiquer avec ses garçons. Par les câlins, les jeux, les soins. Les petits enfants ne vous jugent pas. Tout comme les animaux, leur amour est inconditionnel.

Isa n'apprend pas la peur du jugement. Depuis des lustres elle existe en elle.

Isa pense confier son cadet à la même nounou que Kevin mais cela s'avère impossible. Daniel propose alors :

— Si on le confiait à ma mère ?

Isa fait alors l'erreur d'aller vers la solution de facilité. Elle accepte la proposition de son mari. Mireille garde le bébé, y compris le week-end lorsque Isa travaille. Daniel ne se sent pas assez doué pour s'occuper de deux enfants en bas âge. Dès Isa partie, il prend la seconde voiture et va passer la journée chez ses parents.

Isa reprend son bébé la veille de chaque repos. Elle arrive chez ses beaux-parents avec son aîné, récupéré chez sa nourrice. Elle reste une petite heure avec eux avant de repartir avec ses deux garçons.

Deux années passent. Sur proposition de Mireille, Kevin entre en maternelle dans son propre village. Elle devient aussi sa nourrice, mais Isa reprend ses garçons tous les soirs. Isa apprend la planification.

Mai 1990, Isa est de nouveau enceinte. Au contraire de ses aînés, l'échographie du troisième trimestre ne permet pas de connaître le sexe du futur bébé. Mireille résume la pensée de toute la belle-famille et de Daniel. S'accroupissant devant Isa, elle déclare :

— J'espère que tu seras une fille, cette fois-ci.

« *C'est trop tard pour en changer* », pense Isa.

Elle apprend une forme de sagesse.

Le bébé naît à quinze jours de Noël et… c'est un troisième garçon.

D'emblée, Isa ressent un amour farouche pour ce petit être. Est-ce parce qu'elle ressent de la déception chez sa belle-mère et pire encore chez Daniel ? Raymond quant à lui n'exprime rien, comme à son habitude. Si Papa est un taiseux, lui se montre insignifiant. Dominé par le caractère fort de sa femme.

La déception finit par passer. Isa est mère de trois garçons et rien ne peut changer cela. Comme le clame Maman à son gendre :

— Tes trois garçons sont en excellente santé, Daniel. Et c'est ça qui prime.

D'emblée, Dorian fait ses nuits. Isa s'en réjouit sans penser à mal.

En mars 1991, Mireille est de nouveau la nounou de la fratrie. Isa s'occupe de ses fils le matin avant de les conduire chez leur grand-mère puis de se rendre à son travail. Le soir, c'est l'inverse.
Isa apprend l'organisation millimétrée.

En juin 1992, n'en pouvant plus des propos malsains et dégradants de sa collègue infirmière diplôme d'État, Isa demande sa mutation pour l'hôpital psychiatrique où elle a effectué sa formation.
Comme toujours, elle fuit devant le harcèlement de quelle que forme qu'il soit.

En octobre de cette année 1992, Isa intègre un service adultes du centre hospitalier spécialisé interdépartemental (CHSI). Désormais elle travaille l'après-midi et il lui arrive de ne pas voir Daniel pendant plusieurs jours quand celui-ci est posté du matin.

Une année passe.

Isa apprécie ses collègues de travail. En particulier l'aide-soignante et l'agent de service hospitalier qui travaillent le même week-end qu'elle. Ils forment une équipe soudée. Travailler permet à Isa de s'évader. C'est paradoxal mais c'est ce qu'elle ressent.

À la maison, l'ambiance se détériore. Comme dans un mauvais conte de fées, le vilain mari tue le prince charmant. Daniel devient critique. Rien n'est jamais trop bien ou trop propre pour lui. Surtout après une visite à ses parents. Son souhait : avoir une femme parfaite, obéissante, soumise, ménagère hors pair, excellente éducatrice d'enfants silencieux et maîtresse vénale.

Pour arranger le tout, l'école maternelle parle de séances au centre médico-psycho-pédagogique le plus proche pour Dorian.

À la prochaine rentrée scolaire, Adrien intègre le cours préparatoire. Isa trouve que c'est le bon moment pour que ses trois fils rejoignent l'école de leur village. Elle se met donc en quête d'une nounou. Elle trouve que Mireille a de l'ascendant sur ses enfants. Surtout sur Kevin, très impressionnable. De plus elle trouve malsain de payer sa belle-mère. Les rapports entre la mère de Daniel et elle sont faussés. La première est une femme autoritaire et Isa a de plus en plus de difficultés à ronger son frein. Il est temps que les garçons retrouvent leur foyer.

Isa a de la chance. Elle trouve très vite une nourrice. C'est une jeune femme, mère de deux garçons. L'aîné va entrer en maternelle, le second marche à peine tout seul.

Dès septembre, elle s'occupe des garçons les semaines où Daniel et Isa sont tous les deux d'après-midi. Quand ils ont des horaires inversés – Daniel du matin ou de nuit –, Isa conduit les garçons à l'école et lui les récupère à la sortie. Le midi, la fratrie déjeune à la cantine.

En novembre, Isa fait la connaissance de la psychologue scolaire. Celle-ci la reçoit dans une salle au-dessus de la mairie. Dorian ne communique toujours pas et elle veut en comprendre les raisons. En proposant à Dorian de lui faire un joli dessin – Isa a des souvenirs qui remontent –, la première question qu'elle pose à Isa est :

— Votre mari vous bat ?

« *Comme délicatesse, tu repasseras !* », pense Isa tout en secouant la tête.

Elle ne sait pas encore qu'il existe des violences pires que les coups.

Les choses s'enchaînent pour Dorian : séances au C.M.P.P une fois toutes les trois semaines, aide au travail scolaire dès son passage en classe de CP, entretiens avec une psychologue pour Isa. Elle se dit qu'elle aurait dû s'alarmer dès le début. Contrairement à ses frères, Dorian n'a jamais fait preuve de velléités d'indépendance, restant plutôt collé à elle comme si sa vie en dépendait.

Seulement, pas plus que les autres, elle ne peut revenir sur ce qui a été. Il faut avancer. Et Isa avance. Grâce à Dorian, elle se surprend à s'ouvrir aux autres, à accepter ce qui ne peut être changé. Comme dans un conte chinois, elle ignore si le problème de son benjamin est une malédiction ou une chance pour elle.

L'année 1995 pointe le bout de son nez et avec elle des changements d'horaire de travail pour Isa. Désormais elle va enchaîner quinze jours du matin puis quinze jours d'après-midi. Elle va être plus présente pour les devoirs des garçons. Isa s'efforce de plus en plus de voir le positif en chaque chose. Oui, elle se lève plus tôt certaines semaines ; oui, elle doit lever les garçons à cinq heures quinze du matin et les conduire chez la nourrice vêtus de leurs robes de chambre sous les manteaux les semaines où Daniel et elle sont du matin ou quand il dort après son travail de nuit, mais les garçons gagnent en qualité de vie. Isa est beaucoup plus « cool » que Daniel quant à l'apprentissage scolaire. À croire qu'il a peur que ses fils ne reproduisent son échec scolaire, mais tout comme Isa n'est pas Maman, aucun des garçons n'est Daniel.

Autre point positif, Isa n'a pas à solliciter un changement de repos à une ou un collègue ou sa surveillante pour honorer les rendez-vous avec la psychologue qui suit Dorian. Il lui suffit de demander que la séance ait lieu lorsqu'elle travaille du matin.

Nonobstant tout ce positif, il y a quand même quelques anguilles sous roche : Mireille répète à Isa « qu'il faut faire travailler les garçons » – sic –, et une nouvelle collègue d'Isa s'avère une personne mesquine et méchante, propre au harcèlement.

Mais Isa apprend la confiance en elle. Un regard froid et appuyé de sa part remet les pendules à l'heure. Même quand l'autre répand son venin sur une tierce personne. Depuis son plus jeune âge, Isa a horreur des injustices. Qu'elle en soit la victime ou non. Ce n'est pas maintenant que les choses vont changer.

# Chapitre huit

Isa prend de temps en temps un moment pour lire. Elle découvre un livre parlant de la « gratitude ». Puis un second parlant de visualisation créative. C'est le début d'un long chemin.

Le temps s'égrène encore, amenant avec lui un changement professionnel. Le service des adultes où elle travaille doit fermer. Trop loin du pôle central de l'hôpital psychiatrique, avec des locaux trop vétustes. On parle de muter les équipes. Une partie sous peu, la seconde à la fermeture définitive du service. Isa choisit de partir maintenant. De toute façon, la machine est en route.

Début 1996, Isa change de lieu de travail. Elle exerce maintenant en service de régressés. Les patients adultes sont atteints d'épilepsie depuis leur petite enfance, d'autisme. Certains sont hydrocéphales. À part une exception qui s'exprime comme une enfant de trois ans, aucun n'a acquis le langage verbal. L'horaire est le même, pas les collègues. Elle est la seule de son ancienne équipe à travailler dans ce service et certaines lui font bien sentir qu'elle n'est qu'une étrangère, en particulier l'infirmière et l'aide-soignante, avec lesquelles elle travaille le week-end. Isa décide de rester d'humeur égale, d'éviter les commérages. Bientôt d'autres membres du service lui témoignent de la sympathie.

Chez elle aussi un changement arrive. La nourrice lui annonce qu'elle attend un bébé pour février 1997. Elle estime que ce sera trop de travail de s'occuper de ses trois enfants de cinq, trois et un an et des garçons d'Isa. Elle lui laisse jusqu'aux vacances de printemps pour s'organiser.

Le nouveau paradigme d'Isa, rester positive, est mis à rude épreuve. Qui va accepter de garder trois garçons de six, huit et dix ans, dont les parents ont des horaires irréguliers ? Il est hors de question que Mireille soit de nouveau leur nourrice. Isa essaie de ne pas trop s'inquiéter, positivisme et confiance en la vie – ou en l'Univers, comme elle commence à l'appeler – oblige.

Ce n'est pas le cas de Daniel. Son humeur s'en ressent. Voyant tout en noir, il s'imagine les garçons livrés à eux-mêmes. Mais il admet la réticence d'Isa quant à sa propre mère. Nonobstant cela, il n'est pas certain qu'Adrien et Dorian soient admis en primaire dans la bourgade où vivent Mireille et Raymond. Kevin entre en sixième en septembre.

Isa ne trouve pas de nourrice et Maman, maintenant à la retraite, accepte de « faire le tampon » comme elle dit.

Elle vient vers sept heures pour lever les garçons et les conduire à l'école quand Daniel et Isa sont tous les deux du matin. Elle fait de même pour la semaine où Daniel est de nuit et Isa du matin.

Lorsque Daniel et Isa sont ensemble d'après-midi, elle arrive vers dix-sept heures pour récupérer les garçons à la sortie de l'école. Elle s'occupe d'eux jusqu'au retour d'Isa. Mais bien souvent le couple travaille en antagonisme.

Le mercredi, les garçons passent la demi-journée chez leurs grands-parents maternels. Maman se montre beaucoup plus tolérante avec ses petits-fils qu'avec ses propres enfants. Lorsque Isa s'en étonne, elle déclare :

— Je suis leur grand-mère, pas leur mère. Ce n'est pas à moi de les dresser !

Ce dernier terme hérisse Isa. D'autant plus que Mireille déclare souvent, lorsque Daniel ou Isa sermonne Kevin en sa présence : « On ne dresse pas des enfants quand on est invité. »

À cela, Isa rétorque à l'une comme à l'autre, ainsi qu'à Daniel qui emploie lui aussi le verbe :

— Un enfant ne se dresse pas !

*« À quelques années de l'an 2000, on ne parle plus de dresser les animaux mais de les éduquer, faudrait évoluer »*, pense Isa, s'efforçant de rester calme.

Même si elle n'est pas d'accord avec Mireille et Maman, elle peut comprendre. Sa belle-mère a reproduit avec ses enfants l'éducation de sa propre mère. Isa le sait. Mireille lui parle souvent de sa mère d'ascendance flamande, de sa maison rutilante et de son caractère autoritaire. Quant à Maman ? À cette époque dans le nord de l'Oise, il est courant que la fille aînée se charge des plus jeunes.

C'est le cas pour elle, élevée par une sœur à peine adolescente. A-t-elle manqué de structure éducative ? Manque qu'elle n'a pas voulu faire subir à ses enfants. Jusqu'à être trop dans le contraire.

Mais Daniel !

Certaines semaines, M. Barbery est posté de nuit et son épouse, d'après-midi. Là, Isa pose des récupérations et autres congés supplémentaires. Inutile de déranger Maman pour une petite heure de battement. Daniel part de la maison vers vingt heures trente, Isa quitte son service à vingt et une heures.

Le temps passe encore. À croire que la vie d'Isa se résume au sempiternel « métro-boulot-dodo » transformé en « auto-hosto-dodo ».

Mais non, l'Univers commence à se mettre en marche. En janvier, Isa sait qu'elle est enceinte.

Dans la voiture, elle visualise une petite fille en excellente santé, ressemblant à Maman.

D'emblée, Isa décide de demander un congé parental d'un an.

Loïs arrive en juillet 1997. Toute la famille est charmée par la petite. Isa plus que n'importe qui. Le seul à se montrer plus séduit qu'elle est Daniel. Depuis la deuxième grossesse d'Isa, il espère une fille.

— Pour avoir le choix du roi, dit-il.

Isa reprend le travail à mi-temps en décembre 1998. Toujours dans le service des régressés, mais l'infirmière « mal aimable » est en retraite, et les autres l'accueillent chaleureusement.

L'Univers est très lent avec Isa. À croire qu'il pense qu'elle a tout son temps, comme lui.

Le nouveau millénaire arrive et Isa demande un quatre-vingts pour cent, maintenant que trois des enfants sont scolarisés : Loïs en première année de maternelle, les deux aînés au collège. Dorian est admis depuis deux ans en centre de psycho-thérapie et rééducation. Un taxi vient le chercher le matin et le ramène le soir. Loïs mange chez ses grands-parents maternels lorsque Isa travaille. L'école n'a pas de cantine pour les enfants en première année de maternelle. Bien sûr, Isa a encore des rendez-vous mensuels avec la psychologue de Dorian et parfois avec les éducateurs du CPR. Elle doit de temps en temps jongler avec son planning d'infirmière.

Une fois par trimestre se greffent les réunions parents-professeurs pour les deux aînés. Daniel estime que c'est « le travail » d'Isa. Lui n'est qu'un « pauvre ouvrier d'usine » sans instruction. Isa a beau lui dire que les professeurs n'ont pas à le juger et qu'ils reçoivent n'importe quel parent d'élève, rien n'y fait. Daniel est négatif. En particulier envers lui-même. Isa croit qu'il n'a pas envie de perdre son temps dans des couloirs de collège bondés pour un entretien de dix minutes avec un professeur mécontent.

L'année se passe de nouveau. On arrive à la rentrée scolaire de 2001. Le grand changement cette année-là : Loïs mange à la cantine… Et rien ne va plus.

Lorsque Isa va chercher la petite à dix-sept heures quand cela lui est possible, la maîtresse lui dit d'un ton désolé :

— Elle n'a encore rien mangé ce midi.

Isa ne sait pas quoi faire. Elle fait goûter sa fille en lui donnant des aliments que celle-ci aime, elle lui concocte pour le soir des plats appréciés et demande à Maman, qui fait toujours le « tampon » quand ils sont tous les deux du matin, ou à Daniel, de lui faire prendre un copieux petit-déjeuner. Mais il n'empêche que sa fille ne mange rien à la cantine.

En octobre, Isa s'inscrit à une formation détente-relaxation organisée par l'hôpital. Cette formation a pour but d'éviter le burn-out chez les soignants. À elle que l'on dit « stressée », ça ne peut faire que du bien.

Isa apprend que, pour elle, relaxation veut dire endormissement. Quant à la méditation, n'en parlons pas. Elle trouve cette pratique trop abstraite. Rester dans l'instant présent, elle ne sait pas faire.

Une nuit Isa fait un rêve dont elle se souvient, ce qui est très rare. Dans ce songe onirique, elle est dans un wagon qui roule à tombeau ouvert vers le néant. Il n'y a ni frein ni locomotive pour le diriger. Juste les rails qui la mènent vers un tunnel noir. Isa panique et se dit :

« *Il faut que je sorte de là.* »
Grâce à sa seule volonté, elle saute hors du wagon et se retrouve dans le fossé alors que celui-ci continue sa course.

Les premiers temps, elle se demande ce que peut bien signifier ce songe étrange. Elle commence ensuite à s'interroger sur la signification des rails et du wagon.

Sa vie n'est-elle pas rythmée par le ronron rassurant du auto-hosto-dodo ? Est-ce cela vivre ? Et puis surtout, question existentielle : à cinquante-cinq ans, quand elle prendra sa retraite, en profitera-t-elle longtemps ? Elle n'en est pas persuadée.

Isa apprend les questions existentielles.

Isa décide de demander une retraite anticipée. Elle travaille depuis vingt ans dans le milieu hospitalier. Elle a quatre enfants. Elle peut y prétendre.

Isa en parle avec son mari, arguant des raisons infaillibles, comme l'absence de frais de cantine pour Loïs, sa présence pour surveiller les devoirs des aînés, la disponibilité pour les rendez-vous avec les éducateurs et la psychologue de Dorian, le fait de ne pas déranger Maman qui approche de la soixantaine. Et chose imparable pour Daniel : une meilleure tenue de la maison.

Il donne son accord. En novembre 2001, Isa quitte la vie professionnelle. Sa retraite anticipée commence en vérité début février de l'année suivante mais, entre le reste de ses congés annuels et ses récupérations la liaison, est faite.

Isa devient une femme au foyer. Son temps est rythmé par les horaires de l'école de Loïs. Entre ces temps de sortie, elle cuisine, balaie, repasse, fait les courses hebdomadaires, se charge du jardinage d'agrément, va parfois chercher Kevin ou Adrien lorsque l'un de leurs professeurs de collège est absent et surtout, écoute Daniel se plaindre chaque jour repos compris de son travail et de ses collègues.

Isa aime cette vie reposante. Le mercredi quand il fait beau, elle va avec ses enfants se promener en forêt ou près d'un étang pas très loin de là. Elle rend visite à Nadine lorsque celle-ci ne travaille pas. Les enfants voient leurs deux cousins. Les rapports entre les deux sœurs sont au beau fixe. Bien que ce soit le plus souvent Isa qui vienne en visite que le contraire. Mais bon… Isa révise l'acceptation.

Parfois le samedi, laissant sa benjamine sous la garde de Daniel, Isa participe à des réunions Tupperware ou Stanhome avec des mamans d'élèves de la classe de Loïs avec qui elle sympathise.

C'est un temps de bonheur simple qui passe doucement jusqu'à ce que de nouvelles occupations se greffent dans l'emploi du temps d'Isa.

La première lui vient après un malheureux coup du sort ; Raymond souffre d'une longue maladie, comme on dit avec pudeur pour ne pas nommer ce fléau redouté. Isa devient le taxi attitré de Mireille, sans permis. Elle l'emmène voir Raymond à l'hôpital pendant ses dernières semaines. Puis après son veuvage, chez les différents spécialistes qu'elle consulte pour sa propre santé. Seul impératif : Isa doit être à l'heure à la porte de l'école primaire pour récupérer Loïs.

Isa peut refuser rien qu'en se remémorant toutes les allusions méchantes de sa belle-mère sur sa capacité à tenir une maison ou à élever convenablement ses enfants, mais Isa est gentille. Trop sûrement. Elle choisit de passer outre. Isa apprend le pardon.

Elle n'a pas envie d'un conflit avec Daniel.

La seconde occupation lui vient à cause du temps libre qu'elle arrive tout de même à avoir. Isa noircit plusieurs cahiers.

Elle refonde la saga rédigée durant son adolescence. Elle rend les personnages plus profonds, les situations plus romanesques. Elle écrit – car c'est bien de cela qu'il s'agit – huit tomes de son écriture fine, nerveuse et parfois illisible. Quelque chose l'y pousse. C'est plus fort qu'elle. Isa ne sait pas encore ce qu'est une mission de vie.

Isa écrit lorsqu'elle a du temps libre, mais surtout lorsque Daniel est absent. Il ne comprend pas qu'elle s'occupe à une activité qui ne sert à rien – pour lui du moins – plutôt que faire reluire la maison comme un sou neuf et transformer le jardin en parc miniature.

Cela étant, les quinze cahiers d'écolier se remplissent en plusieurs années. En parallèle, nous sommes désormais au printemps 2007, Isa accepte de garder le soir deux fillettes de cinq et dix ans. L'aînée des deux filles est une amie de Loïs. Elle se trouve dans la même classe qu'elle. Pour ces quelques heures de garde avec goûter, Isa touche un forfait de cent euros par semaine. Cet argent, Daniel accepte que sa femme le garde pour son plaisir personnel. Parfois, monsieur a un langage et des manières de grand prince. Quelqu'un a dit condescendant ?

Cette année-là, Isa découvre grâce à une publicité reçue dans sa boîte aux lettres *Le Pouvoir de l'intention* de Wayne W Dyer et *Le Secret* de Rhonda Byrne. C'est le début d'un long chemin sur la route de la pensée positive et de la loi de l'attraction.

Isa a un peu de mal avec les principes de cette fameuse loi qui attire dans notre vie ce que l'on veut ou plutôt ce que l'on pense. Ses pensées, elle ne les entend pas. À croire que de ce côté-là, elle est atteinte de surdité aggravée. Quant à être guidée par ses émotions, ce n'est même pas envisageable. Isa a tant appris à se cacher qu'elle le fait sans problème avec elle-même. Il n'empêche que le livre de Wayne – comme elle l'appelle en son for intérieur – réveille certaines choses chez elle. Tout comme ceux qui sont achetés les mois ou années suivantes. Ces choses sont la confiance et la gratitude.

Isa choisit d'être emplie de gratitude et de confiance même si elle aimerait connaître les modalités de son avenir et celui de Dorian en institut médico-éducatif depuis ses seize ans ou du moins avoir une petite piste. Isa a un grand défaut par rapport à ce que préconisent tous les auteurs qu'elle lit. Elle n'arrive pas à lâcher prise sur ses demandes – sauf pour les places de stationnement – ni sur ce qu'elle est censée devenir.

Dans l'absolu, elle est une « intendante domestique », comme elle dit en souriant aux personnes qui lui demandent son activité professionnelle. Mais dans la réalité, elle doute. Le but de sa vie est-il d'avoir porté vers leurs vies d'adultes ses trois aînés, avec un bémol pour Dorian et son incapacité intellectuelle et de continuer avec Loïs ?

# Chapitre neuf

Isa s'interroge. C'est dans ce contexte qu'elle découvre, dans un catalogue envoyé gracieusement, l'auteure psychologue Doreen Virtue mais surtout son jeu de cartes Oracle des anges. Elle est en droit de se demander si le hasard existe ou si, loi de l'attraction oblige, c'est encore un coup de l'Univers. Elle l'utilise tous les matins. Isa apprend la « divination ».

Elle ignore où cette habitude va la mener. En tout cas, pas à consulter l'oracle pour d'autres. Elle se pose assez de questions concernant la signification de certains tirages personnels, en particulier la carte projet créatif, qui revient de façon régulière.

Pour l'instant, son seul projet créatif est sa saga romanesque. Saga qui reste dans les tiroirs, comme on dit, puisque Isa n'a plus sa vieille machine à écrire. Elle n'a même pas l'envie de démarcher un éditeur. Isa se déguise souvent en chat échaudé.

Loïs entre en sixième en septembre de cette année 2008. Pourtant Isa continue à se rendre deux fois par jour à l'école du village, pour conduire et récupérer Émilie. Le soir elle accueille en sus sa sœur aînée, dans le même collège que Loïs.

Isa jongle entre les réunions avec les éducateurs de Dorian, les rendez-vous santé de Mireille, la garde d'Émilie, la tenue de son intérieur et son hobby, qu'elle pratique lorsqu'elle se trouve seule. Personne ne sait qu'elle écrit.

Parfois elle se demande si cette volonté de secret ne cache pas une certaine honte ou même culpabilité. L'ego d'Isa la dirige, bien qu'elle s'efforce de lutter. Ses maximes favorites sont : « Le principal, c'est de gagner. » Mais surtout : « Sois parfaite. » Elle ne connaît pas l'origine de cette injonction mais elle culpabilise inconsciemment de ce qu'elle écrit car ce n'est pas – du moins à la lumière d'aujourd'hui – un best-seller. Elle se doute qu'un manuscrit dans un tiroir ne peut être premier des ventes.
Elle, elle le sait. Mais l'Univers ? Il continue en prenant le nom de hasard – mais existe-t-il ? – à lui faire tirer la carte projet créatif, dont une des significations est : « Le but de votre vie et une magnifique carrière s'offriront à vous d'une manière créative que vous ne pouvez imaginer pour le moment, alors ne vous souciez pas

de savoir laquelle ni ce qui vous attend. Suivez simplement la voie qui s'ouvre devant vous. »En cette année 2009, la voie d'Isa semble bloquée en une routine ménagère et ronronnante, mais personne ne connaît les voies de celui qu'elle appelle l'Univers mais que vous pouvez appeler comme il vous plaît : destin, hasard ou même d'une façon plus prosélyte.

Isa arrive à l'année 2010. Rien ne change. Cette année-là, elle fait des pieds et des mains pour que Dorian, à l'aube de ses vingt ans, puisse bénéficier de l'amendement Creton. Elle organise la communion solennelle de Loïs, maintenant en fin de cinquième. Deux petits détails pour cette année : le département décide en février de fournir un ordinateur gratuit à tous les élèves de cinquième, et une acné rosacée se déclare fin juin.

Isa apprend la somatisation.

Elle ne sait pas dire ce qu'elle ressent. Qu'à cela ne tienne, son visage le fait pour elle. Plus Daniel est critique, plus la peau d'Isa montre sa souffrance.

Maman s'interroge. Isa finit par mettre des mots sur ses maux. Ce n'est pas facile. Daniel est si aimable et affable au-dehors. Personne ne va croire qu'elle vit avec un véritable tyran domestique. Isa n'emploie pas le terme pervers narcissique parce qu'elle ne sait pas ce que c'est… mais…

Pourtant Maman la croit. Elle lui demande juste de ne pas en parler devant Papa.

— Il serait capable d'aller lui donner une leçon.

Elles finissent par parler d'autre chose, car Papa monte l'escalier venant du sous-sol. Comme si de rien n'était, Maman propose à Isa :
— Et si tu venais nous rejoindre à Villers quelques jours avec Loïs et Dorian ?

Sous-entendu : pour recharger tes batteries loin de…

— Et s'il ne veut pas ? interroge Isa.
Elle n'a pas à réviser la peur irrationnelle. Elle est en plein dedans. Et jusqu'au cou.

Au contraire de ce qu'elle pense, Daniel accepte qu'elle parte une dizaine de jours dans le Calvados.

Fin 2010, Isa acquiert un petit livre, *Je commande,* de Sophie Merle et, pour s'amuser, elle demande une place en foyer pour adultes pour Dorian.

Début août 2011, comme l'année précédente, elle rejoint ses parents en Normandie. C'est lors d'une promenade digestive après le dîner que Maman lui propose :

— Ça te dirait de venir à l'aquagym douce avec Nadine et moi à la rentrée ? Ça te fera du bien.

Isa hésite un peu. Il y a des années qu'elle n'a pas fait de sport, à part nager quand elle est en vacances ou marcher avec le club rando de son village. Et puis, sa silhouette en maillot... elle ne ressemble pas vraiment à Bardot et encore moins à Pamela Anderson.

Pourtant elle cède, et l'aquagym douce devient une habitude de sa vie.

Durant cette heure hebdomadaire, Isa s'aperçoit qu'elle est elle-même, sans masque. Est-ce l'énergie positive du groupe ? Celle de leur moniteur ? En tout cas, cette heure est un moment béni où Isa est dans l'instant présent, où elle est juste à ce qu'elle fait : écouter les consignes de mouvements et les répéter du mieux qu'elle peut.

Isa apprend la concentration.

Pour Noël, Loïs reçoit l'ordinateur portable demandé. Il est plus performant que celui fourni par le collège et elle propose ce dernier à Isa.

L'Univers a-t-il décidé de se bouger ?

Au début, Loïs lui explique le b.a.-ba : création du mot de passe, ouverture d'un document, entre autres choses. Isa a l'intention de recopier toute sa saga sur ordinateur. Elle a du temps libre et cela prend moins de place que la vingtaine de cahiers noircis.

Cette activité l'occupe de nombreux mois. Car parfois elle ne travaille pas sur son PC. Surtout lorsque Daniel est à la maison. De façon farouche, il est contre tout ce qui est médias modernes : Internet, ordinateur et téléphone cellulaire.

Isa a tout de même un téléphone portable. Maman lui en a offert un en cadeau d'anniversaire.

2012 avance bien. Isa se partage entre ses tâches ménagères, son activité d'écriture ou plutôt de recopiage et de correction orthographique quand elle remarque une faute, la garde d'Émilie, le trajet de quarante-cinq minutes en voiture le vendredi soir pour récupérer Dorian maintenant en foyer pour adultes handicapés – Isa aime à croire que c'est grâce à sa demande – et son activité sportive du mardi après-midi.

Un après-midi, en visite chez ses parents, Isa relate à Maman le énième coup de gueule de Daniel.

— Tu vas peut-être rencontrer quelqu'un d'autre.

— J'aimerais bien savoir comment ? Mis à part pour aller à l'école, je ne sors pas.

Isa doit apprendre à ouvrir les yeux. Car désormais une autre carte rivalise avec « Projet créatif ». Son nom : « Nouveau partenaire ».

En septembre, Isa reçoit la visite de la mère d'Émilie. Elle lui demande si elle accepte de garder sa fille pour l'année scolaire. Isa refuse. Elle pense que la jeune adolescente, maintenant en sixième, est capable de rester avec sa sœur de quinze ans. Elle comprend que des parents soient hyper-protecteurs mais elle sait également que la peur attire le danger. La vie aime qu'on lui fasse confiance car ainsi elle peut nous le rendre.

La femme semble déçue mais elle accepte la décision d'Isa.

Isa apprend à dire « Non », voire l'affirmation de soi.

Elle continue à étudier la loi de l'attraction et récite maintenant des phrases positives trouvées dans un livre de Louise L. Hay. Sa favorite :

*« Je m'aime et je m'approuve. »*

Elle la répète en boucle ainsi que « *Merci, Seigneur* », trouvé dans une œuvre de Chris Monroe, une auteure quasi inconnue, découverte grâce aux publicités d'une maison d'édition versée sur l'ésotérisme. Son livre *Faites entrer le divin dans votre vie*. Isa ne l'a plus dans sa bibliothèque car elle a fait sien le principe : un acheté, un donné. Ce principe gouverne sa vie pour les vêtements ou les chaussures. Isa est un peu minimaliste sans le savoir. Elle rencontre plus de difficultés avec les bibelots sur le manteau de la cheminée. Beaucoup sont des trophées remportés par Daniel lors d'exposition de voitures anciennes. C'est un crime de lèse-majesté que d'y toucher. Du moins selon monsieur.

Fin février, Isa obtient la preuve que la visualisation peut fonctionner.

Depuis quelques mois, elle pense acquérir une voiture neuve. Elle visualise son rêve depuis les vacances en Normandie, voyant juste le tableau de bord et le volant, ou la Mini garée dans le jardin, juste devant la fenêtre de la cuisine. Là où son aîné Kevin gare la sienne quand il revient vivre avec eux après une rupture sentimentale. Daniel a acheté l'auto de ses rêves grâce à l'héritage reçu après la mort de Raymond. Elle peut bien, elle aussi, rouler dans une auto neuve. D'autant plus que le monospace qu'ils ont depuis 1995 commence à devenir dangereux.

Ce vendredi, Daniel lui propose d'aller voir chez un concessionnaire le prix d'une Mini neuve ou d'occasion récente. Elle choisit la voiture d'exposition d'un bleu tirant sur le mauve. Elle est en location avec option d'achat. Isa verse un petit capital de départ et elle a assez de revenus pour régler le loyer de la voiture pendant trois ans. La Mini One est disponible le dernier vendredi de mars, le temps de faire les démarches auprès de l'organisme de crédit.

En juin, Daniel et Isa partent pour une semaine à Majorque. Kevin leur offre ce voyage. Leur aîné espère voir l'amour refleurir entre ses parents.

En effet tout se passe bien mais les enfants ignorent ce qu'Isa sait. Daniel n'est pas fait pour vivre une véritable relation faite d'échanges constructifs au quotidien – bien qu'il prétende le contraire. À la moindre contrariété dans sa vie bien rangée, il hurle… et Isa, tétanisée, se ratatine avec l'impression d'avoir deux ans ou moins, ou elle répond de la même façon. Grâce à son mari, Isa apprend l'agressivité verbale, ce que monsieur semble apprécier, comme si c'était son but. On fait mieux en matière de dialogue. Quant à ce qu'il soit constructif...

Isa ne veut pas analyser le fait que la peur s'installe en elle dès qu'une personne lui crie dessus. Une piste peut-être ? Ou un chemin vers le pardon ?

Quoi qu'il en soit, Isa sait qu'elle pardonne à Maman. Chacun, pour reprendre un vieux cliché, fait du mieux qu'il peut avec les bagages qu'il a. Alors pourquoi n'arrive-t-elle pas à faire de même avec Daniel ? Elle l'a bien fait concernant son institutrice bornée de maternelle ou Catherine Settler. Alors ? Peut-être parce que dès qu'un reproche ou une réflexion mesquine de celui qui partage sa vie est oublié, un ou une autre arrive ?

Daniel est un grand maître pour Isa. Il la pousse dans ses retranchements, prenant un malin plaisir à lui faire perdre son calme.

Isa apprend le ressentiment.

En août, elle est de nouveau en Normandie avec Loïs et une amie d'enfance de celle-ci. C'est un accord tacite avec Nadine. Celle-ci y est en juillet, avec mari et petit-fils. Quelque chose change chez Isa, le pincement au cœur ressenti parce que Nadine est grand-mère avant elle est quasi inexistant. Juste comme une désagréable piqûre de moustique.

Isa commence à apprendre que certaines choses ne peuvent être changées.

# Chapitre dix

De retour chez elle, en pianotant sur son ordinateur, Isa fait connaissance avec l'entreprise de commerce électronique fondée par Jeff Bezos. Tout d'abord comme cliente. Elle y commande des livres ou des C D de méditation guidée.

Changement important en cette seconde partie de l'année 2013 : Dorian vit maintenant en appartement thérapeutique.

En avril 2014, Isa découvre une plate-forme d'autopublication en ligne. Sa saga est maintenant bouclée. Elle décide de faire paraître le premier tome, qu'elle baptise *L'Impossible Choix*. Au début, elle a quelques difficultés avec la mise en page, les mots-clés, le téléchargement de la couverture. Mais finalement elle y arrive et son livre paraît en version électronique. Comme nom de plume, elle choisit « Isabelle Giyaud-Barbery ». Il existe déjà une auteure dont le patronyme est Isabelle Giyaud. Et celle-ci n'écrit pas du tout de saga romanesque.

Dans le même temps, grâce aux conseils de Loïs et d'Adrien – ses deux enfants qui savent qu'elle écrit –, elle se crée une page sur l'un des plus grands réseaux sociaux en ligne et devient membre de groupes d'auteurs autopubliés comme elle ou à la recherche de maison d'édition, idéalement à compte d'éditeur.

En mai, Isa met *L'Impossible Choix* en promotion gratuite pendant cinq jours et crée sa page auteure sur Amazon. Son livre se positionne à la dixième place des e-books gratuits et récolte trois commentaires élogieux. Seuls points noirs : la mise en page – Isa n'est vraiment pas douée – et la couverture, trop basique, voire impersonnelle. Un membre d'un de ses groupes lui propose alors de lui concocter une couverture digne de ce nom, à la condition qu'elle achète un de ses romans. Isa accepte ; 2,99 euros, ce n'est pas cher payé.

Pendant les vacances d'été 2014, Isa publie le tome II de sa saga sur Amazon KDP. Les quelques commentaires sur ses romans louent son imagination et son style, mais fustigent encore la mise en page.

Isa a un rituel de lever tous les matins. Non, elle ne fait pas ses activités matinales dans un ordre précis, non, elle ne médite pas. Elle ne se jette pas sur sa boîte mail avant même de déjeuner, non… Isa consulte ses dix jeux oracles avant même de poser le pied à terre. Ce rituel lui prend à peine cinq minutes. Plus tard dans la journée, lorsque toutes ses tâches ménagères sont accomplies, elle note chaque tirage sur son journal tapuscrit. Ce qui lui permet de voir celles qui sont dominantes mais également celles qui ne sortent que de façon plus aléatoire. Dans son jeu favori, il s'agit de « Entrepreneur ». C'est tout à fait normal. Isa n'a aucune envie de fonder son entreprise et cette carte ne l'interpelle donc pas, contrairement à « Projet créatif » ou « Nouveau partenaire » qui continuent à caracoler en tête, suivis de près par « Cupidon ». Elle aime se réciter des phrases affirmatives tout au long de la journée. Elle n'est pas certaine que cela fonctionne mais ça ne peut pas faire de mal.

La vie d'Isa se déroule sans problème ou du moins, s'il y en a, ils sont bénins ou se résolvent sans difficulté et dans un laps de temps assez court. Il lui arrive même de se penser protégée. En tout cas, elle ressent une sorte de paix intérieure, de confiance, même si elle reconnaît que celle-ci est entachée par l'impossibilité de lâcher prise quant à son avenir. Isa ne veut pas savoir si elle va vivre cinquante-deux ou cent deux ans. Elle veut savoir si elle doit continuer à écrire ou si un changement va survenir dans sa vie personnelle, c'est tout. C'est pour cette raison que, le jeudi, elle se fait un tirage chien de pique grâce à un livre de cartomancie. Loïs connaît l'existence des cartes oracles mais pas celles du jeu cartomancien. Ce fait est un secret. Isa pense – comme le lui murmure parfois la voix de sa raison – que si les personnes de sa famille savaient, elles lui diraient comme Daniel :

— T'as pas autre chose à faire que ces conneries ? Déjà que tu perds déjà pas mal ton temps sur l'ordi !

Ou comme Maman :

— L'avenir ne se voit pas dans des cartes, ça se saurait ! Grandis un peu !

Donc Isa se tait. D'autant plus qu'elle a conscience qu'elle vit au pays des fées et il serait temps qu'elle revienne à l'âge adulte. Mais en a-t-elle envie ?

# Chapitre onze

De façon régulière, Isa consulte, sur le réseau fondé par Mark Zuckerberg, les publications des groupes dont elle est membre et partage des informations. Elle fait part de la promotion gratuite d'un de ses livres autopubliés ou de la sortie d'un autre. Un jour de fin octobre 2015, elle remarque le message d'une femme. Celle-ci propose d'examiner des romans, voire davantage. Ce dernier point – elle se définit comme agent littéraire – consiste à proposer l'œuvre à un éditeur. Isa envoie un message privé. S'ensuit une conversation par écrit, puis par téléphone. Il semble que l'interlocutrice d'Isa connaisse déjà *Willnow*, sa saga en maintenant quatre volumes autopubliés. Elle pense n'avoir aucun mal à trouver une maison d'édition pour le tome I et, s'il se vend – ce dont elle ne doute pas –, pour les autres. Elle emploie le terme « Roman de gare ». Isa tilte un peu mais elle n'en tient pas compte, trop heureuse qu'une agent littéraire travaille pour elle.

Fin novembre après examen du tapuscrit envoyé par Isa, le couperet tombe. Le livre mérite de sortir en version brochée. Mais ce ne peut être qu'avec une maison participative. Isa ne doit pas rêver. Et comme par hasard, la femme travaille, entre autres, avec les éditions Roman du jour, dirigées par un certain Mike Palto. Elle continue en disant que, dès le roman sorti – ou plutôt les cent romans imprimés –, elle s'engage à inscrire Isa à différents Salons du livre proches de son lieu d'habitation et à contacter la presse pour des interviews.

Le prix des cent livres : mille cinq cents euros. Somme qu'Isa doit amortir bien vite, selon Marina – c'est l'identité fournie par la femme.

Mi-décembre, Isa verse la première moitié de la somme et reçoit la version corrigée, ou plutôt des conseils comme « ne pas mettre autant de guillemets » – c'est ainsi qu'Isa signale les pensées de ses personnages – ou « faire attention à la concordance des temps de conjugaison employés ». C'est tout. L'intuition d'Isa lui dit de freiner des quatre fers même si la carte « Projet créatif » continue à sortir le matin, mais son ego est si content.

Le document corrigé doit leur parvenir pour la fin de l'automne. Il reste une petite semaine à Isa. Elle se met donc au travail, y compris le week-end, quand elle le peut. Pour arranger les choses, ce samedi-là, Daniel va au cinéma avec Dorian. Loïs non plus ne mange pas à la maison. Elle sort avec son petit copain. Isa peut donc finir les corrections demandées tout en avalant un croque-monsieur.

Début janvier, elle reçoit une proposition de couverture des plus simples, qui ne lui plaît pas. Elle a la force de le dire à Mike Palto dans un échange de mails. Le roman parle de triangles amoureux, il se passe dans le Dorset, comté verdoyant d'Angleterre. Il y a moyen de travailler.

Quelques jours plus tard, il lui envoie trois autres propositions : un gigantesque point d'interrogation noir sur fond rouge, une paire de dés – le livre parle d'amour, pas de hasard ! – et une rivière serpentant vers on ne sait où. Isa choisit cette dernière.

Mi-janvier, Isa verse la seconde moitié de la somme et reçoit les premières dates de Salons du livre trouvées par Marina, ainsi que la promesse d'une interview par un journal de l'Oise.

Fin janvier vers huit heures, Isa trouve l'avis de passage d'un transporteur dans sa boîte aux lettres. Son colis se trouve à un point relais : l'épicerie de son village, située dans le centre, près de l'école primaire.

Isa sort sa voiture du garage. Elle ne peut pas revenir à pied avec plusieurs cartons contenant des livres. Même si la distance entre l'épicerie et la maison est de deux kilomètres à peine.

En effet, Isa revient avec quatre cartons de vingt-cinq livres dans son coffre. Elle les range bien vite dans sa chambre. Chambre qui n'est pas celle de Daniel. D'un commun accord, ils font lit séparé. Daniel ronfle à en faire trembler les murs, a parfois des crises d'éternuement – ce n'est pas sa faute, reconnaît Isa, il doit être allergique aux acariens et peut-être à d'autres choses mais il refuse de consulter un spécialiste –, et elle a un sommeil très léger. Alors plutôt que finir souvent sa nuit sur le canapé non convertible du salon, Isa investit l'ancienne chambre d'Adrien. Pour arranger le tout, il y a un bureau où elle peut mettre son ordinateur portable, et la pièce est lumineuse.

Le 5 février, le livre sort sur la plate-forme électronique avec une chronique écrite par une blogueuse du nom de Stellaire et un classement cinq étoiles. Isa reçoit un appel téléphonique de Marina, lui indiquant que la responsable bibliothèque de sa commune accepte de la recevoir le vendredi 12. Il faut simplement qu'elle la contacte pour l'organisation de cet après-midi. Elle lui fournit le numéro avant de lui donner une autre date, le samedi 20 février, pour un Salon du livre à une vingtaine de kilomètres de son village. Elle lui prodigue le conseil d'acheter une nappe jaune pour faire le contraste avec la couverture à dominance bleue de son livre.

Dès l'appel de Marina, Isa envoie un SMS à la responsable de la bibliothèque. Elle se présente et donne son numéro de téléphone fixe. Elle est plus à l'aise pour parler avec cet appareil plutôt qu'avec son portable. Impression que son interlocuteur ne l'entend pas. Les croyances n'ont vraiment aucun souci à se faire chez Isa.

Le vendredi 12, Isa gare sa voiture, avec une quinzaine de livres dans le coffre, sur le parking de la bibliothèque. Elle ignore combien de personnes vont venir. L'accueil des bibliothécaires présentes est bon. D'emblée, elles achètent un des cinq exemplaires qu'Isa a avec elle. Une table et une chaise sont prévues pour elle, ainsi qu'une timbale en plastique et une petite bouteille d'eau. Elle s'installe donc avec son stylo et les quatre livres qui lui restent.

Pendant une demi-heure, Isa ne voit personne mis à part la responsable de la bibliothèque et son acolyte. Elle commence à se décourager. Isa manque de confiance en elle et de patience. « Tout, tout de suite ! » semble rester son adage, bien que l'Univers ou la vie lui fassent très souvent comprendre que ce n'est pas possible.

Personne ne sait faire du vélo d'emblée sans avoir appris l'équilibre sur deux roues. Pis encore, personne ne signe de dédicaces en étant anonyme.

*« Les flyers distribués dans les boîtes aux lettres ont dû partir illico presto dans les poubelles. Qui s'intéresse à ce que j'écris ? »*

Isa est la reine du désenchantement rapide et elle montre un ego digne d'une reine.

Enfin un couple se présente. Il se dirige d'emblée vers Isa. La première phrase de la femme – son compagnon semble plus effacé – ne concerne pas du tout le livre mais Isa elle-même.

— Vous habitez ici ?

Sous-entendu, dans le village.

— Oui.

La femme regarde la première de couverture du livre, puis la quatrième. Le résumé est brouillon. C'est le premier jet envoyé par Isa aux éditions Roman du jour. Non corrigé, tout comme la partie biographie. Mike Palto est un bon imprimeur ; en revanche, comme correcteur…
Isa est lucide, même si cela ne plaît pas à son ego. Elle s'est fait avoir, comme on dit. Et la leçon a du mal à passer.

— Je vais vous en prendre un. J'aime beaucoup les romans historiques.

Isa signe sa première dédicace, taisant le fait qu'avant d'être un roman historique, son livre traite d'un sujet difficile. La future lectrice le découvrira bien par elle-même.

Comme si l'Univers attendait ce premier autographe, d'autres personnes se présentent.

Vers quinze heures trente, Isa prend un moment pour aller à sa voiture prendre cinq autres livres et pour déguster la tasse de café avec petites mignardises que lui offrent les dames de la bibliothèque municipale.

Une vingtaine de minutes plus tard arrive une femme. Elle est accompagnée d'un adolescent d'une douzaine d'années. Selon elle, le garçon adore lire et le résumé du livre lui donne envie d'en savoir plus.

La dernière personne à demander une dédicace est un homme d'environ soixante-dix ans, grand-père d'une ancienne camarade de classe de Loïs et accessoirement retraité de l'Éducation nationale. Isa se demande en aparté s'il va garder le livre après lecture. Mais ce n'est pas son problème, l'ouvrage ne lui appartient plus. Tout comme les neuf autres dédicacés ensuite.

Isa regarde la pendule de la bibliothèque. Elle indique dix-sept heures quinze. La fin de la manifestation est prévue à dix-huit heures.

Un peu moins de dix minutes avant le moment fatidique, Isa range son porte-monnaie et les chèques reçus dans son sac à main. Seul son stylo reste sur la table mais elle ne pense pas qu'un retardataire arrivera à la dernière seconde.

À peine dix-huit heures sonnées à l'église du village, Isa sort du parking au volant de sa voiture.

D'un point de vue égotique, c'est un échec – dix livres dédicacés – mais pour l'échange humain, c'est un grand pas. Isa commence à apprendre à sortir de sa zone de confort.

Le samedi 13, elle se rend, accompagnée de Loïs, dans un magasin de fournitures de bureau et loisirs créatifs pour acquérir une nappe en papier tissé jaune et un petit chevalet pour faire office de présentoir pour ses livres.

Le 20 février, en tout début d'après-midi, elle charge le carton contenant les quinze livres restants sur ceux apportés à la bibliothèque municipale, dans le coffre de sa voiture, plus un autre, au cas où. Devant, sur le siège à côté d'elle, hormis son sac à main, un autre en plastique renforcé avec son chevalet de présentation et sa nappe jaune en papier tissé.

Les organisatrices de ce second Salon du livre auquel Isa participe en tant que romancière l'accueillent à bras ouverts. Celle qui doit être la responsable s'adresse à elle avant qu'elle ne se présente :
— Madame Giyaud-Barbery, bonjour, je vous attendais.

Isa a un court instant l'impression d'être une V.I.P. Il ne manque plus que le tapis rouge et la musique d'ambiance. Elle sourit et répond par l'affirmative quand l'autre lui demande si elle a trouvé sans problème la salle de la manifestation.

— Je vais vous laisser regarder où est votre place et vous installer.

Sa place se trouve deux places à droite de la porte d'entrée. Son pseudonyme est écrit en toutes lettres sur un bristol plié en deux, posé sur une table. Un espace suffisant pour qu'elle s'y faufile sépare celle-ci de celle de sa voisine de gauche. Le même intervalle existe à droite. Isa jette un œil sur le nom inscrit : c'est un patronyme masculin. Mais cela ne veut rien dire. Parfois des femmes écrivent sous un pseudo masculin, comme Aurore Dupin.

Isa installe sa nappe en papier tissé, place dessus son chevalet avec un livre en présentation. Elle s'assied derrière la table, ses deux sacs à côté d'elle et elle attend. Elle promène un regard circulaire sur la salle. D'autres auteurs commencent à arriver. Isa se lève. En attendant l'arrivée du public, elle décide de visiter les lieux.

Quarante auteurs sont présents en tout et pour tout dans les deux salles. Isa, ou plutôt son pessimisme – elle en est toujours un peu envahie, bien qu'elle s'efforce du contraire –, se demande si elle va réussir à signer au moins une dédicace. Son livre traite d'une histoire d'amour entre deux jeunes garçons. Sujet difficile, même au XXI$^E$ siècle, dans les campagnes françaises. Même à moins de cent kilomètres de la capitale.

Elle rejoint sa place. À gauche, une femme installe ses trois romans de fantasy sur sa table et deux affiches sur une grille, reprenant la couverture de l'un d'eux pour la première et un article de journal à sa gloire pour la seconde. À droite, c'est un homme d'une soixantaine d'années qui étale sa production livresque sur toute sa table. Il salue Isa de façon polie mais elle a l'impression qu'il jette un regard condescendant sur sa maigre production littéraire.

Isa a une politique. Plutôt qu'étaler de façon ostentatoire les quarante livres apportés, elle préfère aller en prendre une demi-douzaine dans le coffre de sa voiture dès les cinq premières dédicaces signées.

Les premiers visiteurs arrivent. Beaucoup jettent un regard vers les livres, que ce soit à ceux de la dame près de l'entrée, de l'homme à la droite d'Isa ou de celle-ci. Tandis qu'elles répondent au salut de quelques personnes, il s'égosille, tendant un de ses nombreux ouvrages vers le quidam passant à sa portée. Isa a du mal avec cette façon de faire. Elle s'imagine mal aller vers un inconnu en lui disant :

— Vous aimez les histoires d'amour hors du commun ? Justement mon livre en raconte une.

Ni vers une inconnue d'ailleurs. L'homme continue son manège sans avoir plus de succès que les deux femmes à sa gauche et les auteurs à sa droite. Il semble que les visiteurs ne soient là que pour regarder, comme dans une quelconque exposition.

Isa apprend l'ennui.

Après quelques minutes d'attente, elle se lève pour aller chercher une timbale de café. Sa voisine lui lance d'une voix enjouée :

— Je peux garder vos affaires en attendant. Et s'il y a une vente pour vous, je garde l'argent pour moi.

Isa sourit avant de répondre.

— Faites donc. On fera le contraire quand ce sera votre tour.
Les quidams continuent à défiler puis un jeune couple arrive et se dirige sans ambages vers la table d'Isa. La jeune femme s'adresse à elle pour une dédicace.

— Votre prénom ? demande Isa.

— Mettez « pour Ophélie et Florian ».

Isa comprend qu'il s'agit d'amis de Jessica, la compagne de Kevin. Jessie est tout de suite séduite par le roman d'Isa. Maman et Papa aussi mais, en tant que parents de l'auteure, leur avis manque d'impartialité.

— Et je vais vous en prendre un second pour la bibliothèque où je travaille.

Isa écrit la dédicace avant de remettre les livres à la jeune femme.

Ils s'éloignent avec un :

— Bonne continuation.

L'homme à côté d'Isa lui jette un regard amusé.

— C'est le début de la fortune, dit-il.

— Peut-être, répond Isa.

Elle s'interroge. Est-ce que sa quasi-belle-fille a demandé à ses amis de passer pour qu'elle ne vive pas un bide total ? Bien possible, la connaissant. Une demi-heure plus tard, Isa sait qu'elle a raison. L'aînée de Jessica entre dans la salle avec mari et enfants. Ils font le tour des tables en regardant tous les ouvrages présents, vont même dans la seconde salle, puis reviennent vers la table d'Isa. Le couple joue très bien la comédie et les petites ne la connaissent pas. Entrant dans le jeu, Isa demande :

— J'inscris quel prénom pour la dédicace ?

— Josette. C'est pour ma mère. Elle adore les romans historiques, je vais lui offrir pour son anniversaire.

Isa s'exécute. Daniel et elle connaissent depuis quelques mois les parents de Jessie. Isa ne leur a pas dit qu'elle écrit. Pas plus qu'elle ne l'a dit à Mireille. Même dans sa propre famille elle est silencieuse sur ce fait. Les exceptions sont Papa et Maman, Nadine et son mari Thierry. Même Jean-Paul ignore que son aînée s'essaie à l'écriture. Isa se demande parfois s'il n'y a pas une certaine honte sous-jacente tapie en elle. Comment une ménagère de plus de cinquante ans peut-elle écrire un livre mettant en scène un couple gay ? De plus, il est loin d'être parfait.

Isa a un trait de caractère dont elle aimerait se défaire. Petite, elle préférait s'abstenir de jouer à un jeu de société plutôt que perdre. Adulte, parfois, elle s'abstient d'accomplir une action plutôt qu'échouer ou se prendre une veste, comme on dit. Par exemple, exposer à Daniel le questionnement qu'elle a sur la suite de leur mariage.

Depuis quelque temps, Isa apprend à cloisonner sa vie : celle de la ménagère lorsque Daniel est présent, celle de l'auteure lorsqu'il travaille, et celle de la femme bien dans sa tête, heureuse et épanouie qu'elle est, une heure par semaine lors du cours d'aquagym douce.

Isa ne parle à personne de ce moment privilégié. Seule Nadine, qui continue à participer au cours en sa compagnie, le connaît.

Isa est une vilaine personne. Elle apprend la dissimulation.

# Chapitre douze

Isa doit être parfaite – d'ailleurs, Mireille, sa plus grande professeure selon la loi d'attraction, lui montre bien que ce n'est pas le cas – et réussir tout ce qu'elle essaie même dès la première fois. Voilà ce que lui bassine son ego à longueur de journée. Mais alors pourquoi perd-elle son temps à écrire ? Parce que c'est plus fort qu'elle. Parce que lorsqu'elle écrit, elle ne voit pas le temps passer. Elle est dans l'instant présent, comme lors de l'heure d'aquagym douce. Au point de se demander si écrire est un sport. Mais surtout parce que, durant ce temps, tout comme lors de son activité nautique, ce foutu ego ferme sa gueule. Oui, parfois Isa devient grossière tant il dépasse les bornes. Dernier point : elle a l'impression de vivre sa mission de vie.

Le deuxième jeudi de mars, Isa reçoit une jeune journaliste. Elle travaille dans un quotidien du département. L'entretien est agréable, les questions un peu bateau : depuis quand écrit-elle ? Comment lui est venue l'idée d'écrire sur le thème de l'homosexualité ? A-t-elle un autre livre en projet ? Isa répond avec franchise, puis vient le moment fatidique de la photo.

Isa ignore ce qui a déclenché ce fait mais elle a une sainte horreur de se faire tirer le portrait. Sur papier, qu'il soit mat ou brillant, elle se trouve gauche, moche et surtout pas à son avantage.

La journaliste prend plusieurs clichés.

— L'article sortira à la fin de la semaine prochaine mais si vous ne voulez pas acheter le journal, vous pouvez passer au siège social, quelqu'un vous le remettra.

Isa remercie et raccompagne la femme jusqu'à sa voiture.

Le troisième vendredi, Isa se rend au siège du journal, où on lui remet l'article la concernant. Il fait trois colonnes ; la journaliste a un peu brodé et la photo a la qualité d'un cliché imprimé.

Le 22 mars, alors qu'elle se prépare à passer sous la douche, Catherine, une des membres de l'aquagym douce, l'arrête avec un :

— Alors, on côtoie une artiste ?

Isa ne répond pas. Elle a juste un sourire.

— J'ai vu l'article dans le journal. Vous en avez de disponibles ?

« *Plus qu'il n'en faut* », pense Isa mais elle répond :

— Oui.

— J'aimerais beaucoup en avoir un. Avec une dédicace.

Isa acquiesce. Au moment où elles rentrent dans l'aire des bassins, elle dit :

— Inutile d'en parler aux autres.

Catherine montre un visage étonné mais elle respecte la volonté d'Isa.

Parfois lors d'éclairs d'introspection, Isa se demande pourquoi elle ne veut pas que son entourage – exception faite de quelques personnes – connaisse son hobby. Les membres anonymes de ses groupes d'auteurs savent qu'elle écrit et ce qu'elle publie. Est-ce parce qu'ils sont inconnus, tout comme elle, et que de ce fait leurs jugements négatifs sur son œuvre, s'il y en a, lui importent peu ? Est-ce parce qu'elle reste persuadée que n'importe qui peut écrire un roman ? Qu'il suffit d'avoir un clavier d'ordinateur et un peu d'imagination. Peut-être est-ce parce qu'elle ne sait pas quoi répondre à la question : « Comment fais-tu ? » et son ajout : « Pour ma part, je n'y arriverais jamais. » L'ego démesuré d'Isa est souvent le pendant à une modestie à faire pâlir une violette.

Le mardi suivant, elle apporte le roman dédicacé dans son sac de piscine, et Catherine de quoi le payer. L'échange se fait à la sortie du cours.

Cette semaine-là, Isa se débarrasse de deux autres livres. La mère de Jessica a dû parler d'elle, puisque deux de ses connaissances veulent acheter le roman *L'Impossible Choix*.

Ce printemps 2016, Isa participe à d'autres Salons du livre, où elle vend quatre livres chaque fois et en donne un exemplaire gratuit aux deux bibliothèques municipales. Elle retrouve certains des auteurs rencontrés lors de son premier Salon et commence à sympathiser avec certains ou certaines d'entre eux.

Le premier vendredi de mai, elle se rend pour une séance d'autographes au magasin Cultura le plus proche de chez elle. L'accueil est bon mais, peu importe ce que lui réserve l'avenir en tant qu'auteure, Isa décide de ne pas renouveler l'expérience. Le nombre de livres dédicacés est le plus bas de tous. Isa doit fournir une facture au magasin.

Arrivée chez elle, Isa n'en fait rien. Elle considère l'épisode Cultura comme un fiasco et décide de l'oublier. C'est ce qu'elle s'efforce de faire avec tous ses échecs. Sinon, la déprime, le « je ne suis vraiment pas bonne à grand-chose » est son lot quotidien. Isa fait maintenant sien l'adage de Voltaire, « J'ai décidé d'être heureux parce que c'est bon pour la santé », qu'elle transforme en « Je décide d'être positive car c'est bon pour ma santé ». Parfois le mot « positive » se change en « optimiste » mais la finalité est la même.

Le deuxième samedi de mai, elle participe à un marché fermier, inscrite avec son aval par Josette, la maman de Jessie, conseillère municipale.

Cette fois-ci, Isa offre encore un exemplaire à la bibliothèque de la commune. La responsable lui parle encore de facture à envoyer à son éditeur, mais Isa ne considère pas Mike Palto comme tel. Et puis ne rien percevoir ou toucher deux pour cent de dix-huit euros, la différence n'est pas énorme.

Ce samedi quatre personnes lui demandent une dédicace.

Chez elle, elle fait le bilan du nombre de livres qui ont quitté le stock : presque la quarantaine dont cinq offerts. Elle considère désormais qu'elle a offert deux romans au magasin Cultura. La pilule passe mieux avec cette petite entorse à la réalité.

Isa se montre satisfaite en fin de compte. Il faut qu'elle pense à remercier du fond du cœur comme on dit, plutôt qu'avec la peur que si elle ne le fait pas, l'Univers lui retire sa manne. Isa aime le principe de la loi d'attraction, « Tu attires ce que tu penses », mais pas son corollaire « Si tu penses de façon négative, tu auras du négatif dans ta vie ». Qui peut penser rose ou bleu H 24 ? Elle vous le demande.

# Chapitre treize

Dès la fin mai, Marina ne lui propose plus de Salon du livre. Le but d'Isa est de trouver des personnes ayant envie, en échange d'un envoi gratuit, de chroniquer son roman. Elle s'inscrit donc sur le site Facilement auteur, où elle propose *L'Impossible Choix* en vue d'avis honnêtes.

Elle continue à s'occuper de sa famille, à participer à son activité sportive.

Le début de l'été passe à une vitesse folle. Loïs obtient son baccalauréat avec mention assez bien. Il faut l'inscrire à l'université Jules-Verne d'Amiens et lui trouver un pied-à-terre. Isa n'a pas le temps de penser et encore moins celui d'écrire. Mi-juillet tout est bouclé : Loïs est inscrite en première année de licence de psychologie. Le sujet la passionne depuis toujours. Elle loue un petit studio-cuisine dans la banlieue sud d'Amiens.

Grâce à Internet, Isa découvre un site, Manz'elle Félicité, où sont proposées des guidances angéliques. Isa en commande une en espérant que les petits êtres ailés ou leur channel lui parlent de sa carrière d'auteure.

La réponse arrive une quinzaine de jours plus tard par mail, qu'elle s'empresse d'imprimer pour en garder une trace. Ils lui disent qu'elle fait partie des transmetteurs, des enseignants et qu'elle a quelque chose à apporter de manière écrite, que ses bons conseils et ses enseignements font du bien autour d'elle.

*« N'est-ce pas le but de toute vie ? Faire le bien autour de soi ? »* s'interroge Isa.

Elle se questionne plus encore avec la suite du message :

« Il ne faut pas hésiter à passer à l'action et aller au-devant des gens sous forme de conférences ou de séminaires. »
*« Là, je doute. Des conférences sur quoi ? L'homosexualité expliquée aux jeunes ? »*

Isa continue sa lecture. Ils ont ajouté : « Ou autres. » Peut-être parlent-ils de Salons du livre ? Elle lit ensuite : « Il est l'heure de sortir de la brume et de voler pleinement ! Tu préfères la version écrite à l'orale mais ce qui t'est demandé, c'est de plus utiliser tes talents d'oratrice. »

Isa reste sceptique. D'autant plus qu'ils lui demandent en seconde partie de rester optimiste quant à sa vie amoureuse – Ah bon, elle a une vie amoureuse ? – et de donner de l'amour à son enfant intérieur.

En conclusion, ils l'exhortent à être dans l'instant présent, dans la légèreté, l'innocence de l'instant et à apprendre à apprécier chaque instant créé.

En fait, ils lui demandent de faire ce qu'elle n'a jamais réussi à accomplir : le lâcher-prise.

Les mois passent, amenant l'automne. Isa continue à vivre sa vie d'auteure autopubliée en ajoutant le tome IV de sa saga à ses œuvres sur la plate-forme d'autopublication, ainsi que sa vie d'adepte de la loi d'attraction et du positivisme, en lisant ce qu'elle trouve sur le sujet, et en continuant son rituel de cartes oracles chaque matin. Sans oublier, bien sûr, tout ce qui est inhérent à une femme au foyer de plus de cinquante ans : ménage, repassage, jardinage et j'en passe.

Daniel pose son lundi 31 octobre, le 1er novembre tombant un mardi, ce qui lui fait quatre jours à la maison. Pendant ce temps-là, Isa met son activité de romancière en veilleuse, tout comme celle de gestionnaire d'une page au nom de son premier ouvrage. Elle réussit tout de même à consulter un de ses groupes d'autopubliés, et voit qu'une nouvelle maison d'édition recherche de nouveaux auteurs pour étayer son catalogue. Son nom : Fragrances de rêves. Isa clique sur le site de la maison d'édition dirigée par un certain Éric Devier. Elle comporte plusieurs collections : Thriller, Fantastique, Séduction, Imaginaire et, ce qui peut intéresser Isa, Liberté d'écrits pour les textes n'entrant dans aucune des collections précédemment citées.

Toutefois échaudée par l'expérience Roman du jour, elle vérifie bien que la maison d'édition ne se dit pas participative ou, pis encore, à compte d'auteur. Rassurée par ce qu'elle lit, elle envoie dans la semaine suivant la Toussaint le tapuscrit du second tome de *Willnow*, la saga des Kérington, famille aisée du Dorset.

De temps en temps, Isa se connecte au site « Manz'elle Félicité » pour y lire des articles sur le bien-être, les rituels basés sur les phases de la Lune, les lois de l'Univers et d'autres choses aussi ésotériques. Ce jour de novembre, une médium, Clara'magie, propose de lever le voile de l'avenir grâce à ses guides de lumière. Daniel a repris le travail, Isa a du temps libre. Elle va sur le site de l'extralucide et s'inscrit pour une consultation un matin de la semaine suivante, aux alentours de dix heures.

Le mercredi 9 novembre, Isa est en consultation avec la médium. D'emblée la voyante déclare :

— On me signale l'arrivée d'un autre homme dans votre vie.

*« Bien sûr, vous devez dire ça à toutes les femmes qui vous consultent »*, pense Isa, l'incrédule.

Toutefois elle ne dit rien, préférant laisser la femme continuer dans son délire.

— Il y a un homme avec la lettre A dans son prénom. Un homme qui fait partie de votre passé.

— Mon père s'appelle Paul.

— Non, on me dit que le « A » s'entend très bien.

Isa pense à Daniel mais elle ne le dit pas à la voyante. Celle-ci finit par ajouter :

— Mes guides sont formels. Il y aura un autre homme. Ce ne sera pas facile mais ils voient un rapprochement entre vous d'ici trois ou quatre ans.

Isa continue à apprendre le scepticisme.

La médium respecte son silence un moment puis finit par dire :

— On me dit que vous devez rester positive quant à votre vie sentimentale et vivre au jour le jour. Même si cela semble difficile pour vous. Vous avez une autre question.
Ce n'est pas une interrogation. Plutôt le contraire.

— J'ai envoyé un roman à une maison d'édition et j'aimerais savoir s'il y aura un contrat.

— Pour l'instant, vous êtes en stand-by. On me dit qu'il y aura un contrat mais qu'il sera retardé… Du point de vue des ventes, on me dit qu'elles augmenteront de livre en livre avec satisfaction au troisième. On parlera de vous à partir du cinquième, avec un complément de revenu et une déclaration au fisc. Mais vous ne serez pas Musso ou Levy. On regardera ce que vous avez écrit avant.

Isa remercie. Elle prend un moment pour transcrire les notes qu'elle a prises sur son journal tapuscrit. En résumé, son second roman *Derrière les murs de Willnow* va être accepté par Fragrances de rêves, ainsi que trois autres puisque le succès viendra au cinquième. Quant aux prédictions sur sa vie sentimentale, elles sont prévues pour fin novembre 2019, voire 2020… L'extralucide doit penser qu'Isa va les oublier. Seul point à relever. Tout comme les petits êtres ailés de la guidance angélique, on lui demande de lâcher prise.

Isa doit de façon impérative apprendre le détachement.

Un mail des éditions Fragrances de rêves arrive quelques jours avant Noël. Son roman est parti en comité de lecture mais, d'ores et déjà, Isa peut s'attendre à un avis définitif pour fin janvier.

Les fêtes se passent en famille. Réveillon chez Nadine et Thierry pour le 24, repas de Noël à cinq. Kevin est invité dans sa belle-famille. À deux, Daniel et elle, pour le 31. Tous les enfants sont invités ailleurs. Isa prépare un petit repas amélioré et, vers vingt-deux heures, elle monte se coucher. Elle n'a jamais trop aimé cette obligation d'attendre minuit et surtout de souhaiter la bonne année. Elle pense souvent qu'une année est ce que l'on en fera. Souhaits de bonheur ou pas.

Le jour de l'An tombe un dimanche cette année. L'après-midi, elle se rend chez Maman et Papa avec Loïs. Daniel préfère rester devant la télévision. Il y a un feuilleton qu'il ne veut pas rater. Isa ne veut pas analyser cette routinite aiguë, cette façon d'être dirigé par les programmes télévisuels en plus de l'être par ses horaires de travail.

Bon, elle le concède, pour le travail, il n'y a pas moyen de faire autrement. Quand il se lève à trois heures trente, il doit avoir accompli une nuit d'au moins sept heures, ce qui implique un coucher aux alentours de vingt heures trente. Mais la télévision, avec toutes les possibilités de replay qui existent... Elle n'est pas certaine, pour couronner le tout, que les beaux-parents de Daniel apprécient.

Daniel souffre de routinite aiguë et il l'ignore, elle souffre de routinite simple et elle le sait. Isa se demande souvent qui d'eux est le plus heureux. Autre antagonisme entre son mari et elle : il se rend souvent dans le passé, sa jeunesse, les années soixante, soixante-dix ou même plus loin. Elle préfère être dans le présent avec, de temps en temps, elle l'admet, des questionnements sur certains points de son avenir.

Il arrive à M. Barbery de se projeter, de faire des projets à deux voire trois ans qui, peut-être, se réaliseront... ou pas. Pour Isa, la projection se fait à quelques semaines. En ce moment, la question est de connaître la réponse définitive des éditions Fragrances de rêves concernant son roman.

Pour être clair, Daniel rêve de sa prochaine mise à la retraite, de la fête qu'il prévoit d'organiser pour ses soixante ans, de partir une semaine dans le midi de la France avec Isa pour leurs trente-cinq ans de mariage en 2020. Elle est plus pragmatique. Elle rêve de participer au Salon du livre de Paris, d'être invitée à ceux de New York ou de Londres même si elle ne parle pas un mot d'anglais (ou si peu), d'avoir devant elle une file d'attente allant jusqu'au trottoir lors de dédicaces.

Daniel se projette. Isa est utopique. La question à se poser est la suivante : « Quel rêve est suffisamment grand pour ne pas être perdu de vue ? Celui de Daniel ou celui d'Isa ? »

# Chapitre quatorze

L a dernière semaine de janvier, elle reçoit par mail la proposition de contrat pour *Derrière les murs de Willnow* et, cela est inscrit en toutes lettres, les romans lui faisant suite. Isa pense que la maison d'édition va publier toute sa saga. Elle imprime le contrat, le lit – il n'y a pas des centaines de livres à acquérir –, l'imprime et le renvoie par courrier. Elle trouve tout de même curieux que le document soit pour un livre et non pour elle en tant qu'auteure.

La première semaine des congés d'hiver, Isa travaille à son roman. Fragrances de rêves lui a renvoyé la version corrigée avec des codes couleur : jaune pour les phrases à retravailler, vert pour les problèmes de typographie, rouge pour les passages à supprimer. Isa s'étonne que la directrice de collection Liberté d'écrits accepte le tome I de *Willnow* alors que le tome I est sorti chez un autre éditeur (enfin si Mike Palto peut être qualifié comme tel) mais elle doit savoir ce qu'elle fait. Elle lui fait part de son étonnement par mail. La réponse est laconique.

« Je pense qu'il n'y a pas de problème. Si tu veux, tu n'as qu'à écrire un résumé du tome I au début de l'histoire et une généalogie de tes personnages. Cordialement, Arlette », lit Isa.

C'est une solution. Isa s'empresse de rédiger un résumé de *L'Impossible Choix* et l'intègre dans le tapuscrit. Isa a envie d'être optimiste. Rien n'empêche les gens qui en ont envie de lire son premier roman après avoir acheté le second.

Peut-être que l'Univers veut se montrer gentil avec elle en faisant bouger les choses ? Isa a l'impression que sa vie est, non pas un long fleuve tranquille – un fleuve, ça coule, il y a du courant – mais plutôt une mare d'eau stagnante. Rien ne bouge. Vie de couple ? Statu quo. Vie de famille ? Heureusement qu'il y a les études de Loïs pour pimenter un peu les choses. Vie sportive ? Point positif : Isa continue son activité et rencontre de nouvelles personnes dans le groupe.

Début mars, l'Univers exauce Isa en faisant de nouveau bouger les choses. Mais pas comme elle le souhaite.

La direction de la piscine annule pour le restant de l'année le cours d'aquagym douce, après la disparition brutale de leur moniteur depuis 2012. En second lieu, Isa reçoit un message Facebook. Il émane d'Arlette Robinson. Isa connaît ce nom, c'est le pseudonyme auteur de la directrice de la collection Liberté d'écrits.

« Pour des raisons qui ne regardent que nous, je quitte définitivement les éditions Fragrances de rêves. »

Isa est estomaquée. Quid de son roman désormais ? Elle prend un temps pour répondre un « dommage » à Arlette, avec un émoticone triste. La réponse ne tarde pas : « Je te contacte en message privé, Isa. »

Quelques minutes plus tard, elle reçoit un mail. Il émane de l'ancienne directrice de collection.

« Mon départ ne remet pas en cause la publication de ton livre. Je vais le transmettre à la directrice de la collection Séduction, comme tous ceux sur lesquels je travaillais. Ne t'inquiète pas, ton roman va sortir, même si je doute que ce soit à la date prévue. Cordialement, Arlette. P.-S. Si Lisa fait des difficultés, tu m'envoies un mail, j'arrangerai les choses. »

Isa répond un laconique « merci ».

Elle reste un moment à réfléchir… Ainsi la médium avait-elle raison : la publication de son livre va avoir du retard. Qu'en sera-t-il du reste de la voyance ?

Très vite, Nadine invite Isa à venir nager le mardi soir. Pour garder une activité sportive. L'ouverture au public se fait une demi-heure après celle des activités, ce qui fait qu'elle n'a pas à parler de ce changement à Daniel. Isa aime compartimenter sa vie. Ce qu'elle fait en dehors de la maison ne regarde qu'elle. Même une chose aussi innocente que d'aller nager avec sa sœur.

En parallèle, elle participe au Salon du livre de Verneuil-en-Halatte où elle vend deux exemplaires de *L'Impossible Choix* et en offre un pour la bibliothèque, puis le dernier samedi d'avril à la manifestation « Beauvais Ô Cœur du Livre ».

L'événement a lieu sur la place Jeanne-Hachette de dix à dix-huit heures.

Ils sont plus de quatre-vingts auteurs répartis sur trois côtés de la place. Il y en a pour tous les goûts : thriller, fantasy, romance, essai. Isa fait le tour des stands après la dégustation de son café gratuit. Elle est la seule à proposer de la romance historique sur fond d'amour gay.

Des badauds traversent la place mais aucun ne s'arrête devant les stands.

Vers onze heures vient l'ouverture officielle de la manifestation avec un moment non envisagé par Isa. Le conseiller municipal chargé des affaires culturelles, flanqué de l'organisatrice de la manifestation, d'un journaliste de la presse départementale et son photographe, s'arrête devant chaque stand. Dix avant que le groupe n'arrive au sien.

Isa se demande si elle ne va pas partir subrepticement aux toilettes, disparaître dans un trou de souris apparu par magie sous sa table, ou mieux, si un miracle ne va pas les rendre invisibles, elle et son stand.

Le groupe s'arrête devant elle. Poignée de main de l'officiel.

— Bonjour, madame, merci de participer à notre belle manifestation. De quoi traite votre ouvrage ?

— C'est un roman historique sur fond d'amours multiples.

Isa a encore du mal à annoncer ce qu'elle écrit. Surtout à un homme âgé de plus de trente ans. L'homme prend un des livres, le retourne et lit la quatrième de couverture. Il le repose avec un sourire.

— Sujet difficile s'il en est. Bon courage, madame, et bonne continuation.

Isa remercie. Le groupe s'éloigne vers sa voisine de droite. Une auteure de fantasy. Il semble que ce genre littéraire soit à la mode – la plus grande majorité des stands est occupée par ces auteurs –, mais Isa ne sait pas écrire ce type d'histoire. Surfer sur la vague, ce n'est pas son truc.

Après le repas offert par les organisateurs, les heures passent à une vitesse digne de celle d'un escargot. Isa lit le livre emporté. De temps en temps, elle échange quelques phrases avec ses voisines de gauche. Ces deux sexagénaires du sud de l'Oise écrivent en duo.

À seize heures trente, Isa constate que ses voisines remballent leurs affaires.

— Nous partons, dit une des dames. Nous avons de la route à faire et je ne crois pas que nous allons rater beaucoup de ventes.

Elles n'ont vendu aucun livre malgré le choix multiple proposé.

— J'espère que nous nous reverrons dans un Salon digne de ce nom. Un endroit où nous serions à l'intérieur ; dans une salle.

Isa acquiesce. Pour sa part, elle va rester encore un peu.

Quelques minutes avant dix-sept heures, elle va jusqu'à une poubelle sur le côté du stand de l'accueil pour y mettre sa timbale en plastique et sa bouteille d'eau maintenant vide. Elle revient et range les deux livres sur sa table avant de plier son chevalet et la nappe abîmée par le vent. Elle décide en repassant devant la poubelle de l'y déposer.

Tout en marchant en direction du parking où se trouve sa voiture, Isa fait le bilan de sa journée. Du point de vue négatif, elle a eu une vente. Ce qui peut s'apparenter à un échec cuisant. Du point de vue positif, son sac plastique est moins lourd maintenant.

Isa apprend à se satisfaire de peu.

Arrivée à quelques mètres du parking entouré de haies de troènes, une idée lui vient.

« *Beauvais Ô Cœur du Livre est un échec, jouons à un livre au cœur de Beauvais.* »

Sortant de façon subreptice un livre du sac en plastique, elle le dépose au milieu d'un arbuste dont les fleurs sont en boutons.

Dans sa voiture, elle prend la décision de glisser de façon régulière un livre dans le sac de vêtements donnés à l'association Le Relais. Elle se moque bien de savoir ce que ses dons vont devenir. Ce qu'elle veut, c'est se débarrasser du stock fourni par Mike Palto. Elle va prendre tous les moyens à sa disposition pour ce faire et si les livres se retrouvent à l'incinérateur, ce n'est pas son problème.

Chez elle, Isa trouve un mot sur la table de la cuisine. Daniel et Dorian sont partis au cinéma avec un passage dans une cafétéria pour le dîner, Loïs chez son boy-friend du moment. Tant mieux, elle a besoin de se reposer. Il n'y a pas plus fatigant que rester toute une journée à ne rien faire. Du moins pour elle.

Elle se délasse dans un bon bain, dîne d'une pomme tranchée en quartiers et cuite au beurre qu'elle recouvre d'un œuf battu. Quand elle est seule, Isa mange selon l'inspiration du moment.

La vaisselle faite, elle allume son ordinateur pour retranscrire sa journée sur son journal tapuscrit. Mais avant cela, elle consulte ses mails. L'un d'eux émane de Lisa, la directrice de la collection Séduction :

« Bonjour, Isabelle. Je t'envoie en pièce jointe le bon à diffuser de ton livre, peux-tu le relire, voir s'il te convient et nous envoyer ta validation en mettant "bon pour BAD" avec la date et ta signature en mail de réponse. Il faudrait également que tu choisisses une couverture parmi des images libres de droits et nous préparer un résumé ainsi qu'une courte bio pour la quatrième. Fais-le le plus rapidement possible, la sortie est prévue mi-mai. Cordialement, Lisa. »

« *Elle doit vraiment croire que je n'ai que l'écriture dans la tête* », pense Isa.

Elle doit être d'une naïveté digne d'une médaille car, pour elle, l'écriture du résumé, de la biographie de l'auteur et l'élaboration de la couverture sont des activités de la maison d'édition.

Relire un tapuscrit de plusieurs centaines de pages, écrire un résumé et trouver une image comme vitrine de son livre, Isa n'est pas certaine d'arriver à tout faire. Elle décide de s'attaquer à sa quatrième de couverture. Sa biographie est courte et concise. Elle éprouve un peu plus de difficultés à rédiger le résumé. Mais après quelques brouillons, elle arrive à écrire quelques phrases.

Le lendemain, alors que Daniel sacrifie à sa sieste journalière, elle va sur un site de photographies libres de droits. Elle choisit comme couverture de *Derrière les murs de Willnow* un château anglais de l'époque Tudor, posé sur une immense pelouse du plus pur gazon anglais. Elle espère que cela conviendra aux éditions Fragrances de rêves.

À la demande expresse de son tout nouvel éditeur, qui vient de lui envoyer le bon à tirer pour la publication de la version papier, Isa annule l'autopublication des tomes III, IV et V. Pour le II, c'est fait depuis l'envoi du tapuscrit. Seules restent les deux versions de *L'Impossible Choix* : la version électronique auto-publiée et la version brochée publiée par Roman du jour. Jamais Mike Palto ne lui a demandé de supprimer la première version de son roman, plongeant Isa dans le doute.

La couverture choisie convient. *Derrière les murs de Willnow* sort le 15 mai 2017 dans la collection Liberté d'écrits mais, pour montrer qu'il s'agit d'une histoire mêlant amour hétéro et homosexuel, une légère bande arc-en-ciel barre le coin supérieur droit de la première de couverture.

Isa est fière et heureuse mais, car il y a souvent un « mais », elle apprend de sa nouvelle directrice de collection nommée début mai que c'est à elle de faire la publicité de son livre.

« Parce que c'est toi qui en parleras le mieux », lui écrit-elle dans un mail.

Le personnel de Fragrances de rêves n'a aucun problème avec le tutoiement. Amitié ou manque de respect ?

Isa est déçue. Elle n'est pas loin d'apprendre le désappointement, voire la colère.

Alors voyons, que fait cette maison d'édition ?

– Examiner un texte pour une éventuelle publication ? Oui.
– Correction ? Oui mais avec l'aide de l'auteur.
– Mise en page ? Pour la version électronique, l'auteur. Pour la version papier, eux.

*« Encore heureux ! »*

– Couverture ? Réponse mitigée. L'auteur doit la choisir et rédiger la quatrième de couverture mais un graphiste place le titre, le nom de l'auteur sur l'image pour la première de couverture et les textes : résumé et biographie sur la quatrième.

– Publicité ? Aucune. Sauf le premier jour, où la directrice de collection annonce la sortie du livre d'Isa sur la page Facebook de la maison d'édition. Ensuite, c'est à Isa de faire le travail.

– Distribution ? Sur les plates-formes connues et sur le site de la maison d'édition. Pour les librairies, Isa n'est certaine de rien. Personne de sa connaissance ne commande son livre de cette façon.

– Chronique ? Une seule quelques jours après la sortie de son roman.

En point semi-positif, Isa peut acquérir des exemplaires pour sa famille ou ses amis – ou des Salons du livre – avec une remise de vingt pour cent. La maison d'édition fait imprimer les livres à la demande.

Pour cette première fois, Isa commande quatre livres : pour Maman, Thierry, son beau-frère, Jessica et elle-même. Encore son côté égotique qui se réveille.

En résumé, Isa doit prendre le taureau par les cornes si elle veut que son livre sorte un peu du lot.

Fragrances de rêves est une petite maison d'édition, par sa renommée, mais pas par son catalogue d'auteurs. Chaque collection a de dix à quinze auteurs. Isabelle Giyaud-Barbery est noyée dans la masse.

Tous les matins après ses tâches ménagères, Isa se rend sur ses groupes d'auteurs pour faire de la publicité pour *Derrière les murs de Willnow*. Helga, la nouvelle directrice de collection de Liberté d'écrits lui a donné le nom de trois groupes spécialisés sur la lecture M/M. Isa devient membre et y publie de façon régulière. Elle y mentionne également *L'Impossible Choix*, son précédent roman. C'est une saga qu'elle écrit. Elle pense qu'il est préférable de commencer par le premier tome. Même si Arlette lui a demandé un résumé à inclure au début de son second livre.

Lors d'un passage sur le réseau de Mark Zuckerberg, Isa remarque un article sur un petit prix littéraire. Il est ouvert à tout nouvel auteur publié par une petite maison d'édition ou autopublié. Isa décide d'y inscrire *L'Impossible Choix*, le tome I de sa saga, qui peut se lire comme un roman unique avec une fin qui n'appelle pas de suite. Il faut envoyer par voie de téléchargement un tapuscrit de l'œuvre et, par voie postale, deux exemplaires papier. Résultat du concours en décembre 2018.

# Chapitre quinze

Depuis les vacances de printemps, Nadine et Isa font partie du groupe Aquagym. Elles se retrouvent pour leur activité le vendredi de midi à treize heures. Elles y retrouvent une ancienne de l'activité aquagym douce. Toutes les autres ne viennent plus. Le groupe est plus fourni et Isa et Nadine se noient dans la masse. C'est un comble lors d'une activité aquatique. Heureusement, l'effet méditatif est encore présent, tout comme lorsque Isa nage.

Le vendredi 23 juin a lieu le dernier cours d'aquagym de la saison. Nadine et Isa concluent un accord. Si l'aquagym douce reprend, elles participeront à cette activité ; si elle ne reprend pas, elles viendront à l'aquagym du vendredi.

Les dix premiers jours du mois d'août, Isa fait un séjour dans le Calvados. Seule. Au programme : marche, correction et modification de certains passages du tome III de *Willnow* – qu'elle choisit d'appeler *Le Voyou des cœurs* –, piscine, mais surtout repos et silence.

Daniel n'est pas un mauvais bougre mais il est le roi du monologue. Que la personne à côté de lui l'écoute ou pas. Isa se demande même parfois si son mari ne pense pas à voix haute.

Elle qui n'aime rien tant que le silence, ou du moins entendre de la part de M. Barbery des paroles plus positives que les sempiternelles critiques sur l'endroit où il travaille, ou les plaintes sur sa santé qu'il a florissante, malgré quelques petits bobos comme des rhumes ou des aigreurs d'estomac.

Le reste du mois, Daniel se trouve une passion pour la pêche en étang. Il s'y rend avec régularité, laissant Isa seule, ce qui ne la gêne pas du tout. Elle peut ainsi aller sur sa page Facebook pour faire la promotion de ses deux romans, finir de corriger le tome III et, par l'intermédiaire de Facilement auteur, trouver des chroniqueurs ou plutôt des chroniqueuses qui commentent *L'Impossible Choix*, puis *Derrière les murs de Willnow*.

Le 30 septembre, la piscine ouvre les inscriptions pour les activités nautiques. Il y a de nouveau aquagym douce au programme. Isa envoie un SMS à Nadine pour être certaine de sa venue le 3 octobre à seize heures. La réponse étant positive, Isa s'inscrit.

Seules Nadine et Isa sont de l'ancien groupe. Le reste est constitué de six femmes qu'elles ne connaissent pas.

Second changement, un jeune homme proche de la trentaine est derrière le guichet d'accueil.

Après le passage habituel aux vestiaires et sous la douche, Isa entre dans l'aire des bassins accompagnée de Nadine. Un homme vêtu du tee-shirt de la piscine les salue. Elles ne le connaissent pas, pas plus qu'elles ne savent qui est le second maître-nageur qui se tient devant les marches du bassin Activités. Le personnel de la piscine a fait peau neuve.

La première heure de cette nouvelle saison d'aquagym douce n'a de douce que le nom. Leur nouveau moniteur est jeune avec un tempérament speed. Les exercices qu'il leur demande d'effectuer sont à son image. Plusieurs dames du nouveau groupe ont beaucoup de mal à suivre. Ce sont des septuagénaires. Isa fait du mieux qu'elle peut. La sensation d'être dans l'instant présent est toujours là mais pas l'aspect méditatif. Le rythme du cours est trop rapide.

Le mardi suivant, Nadine et Isa sont les seules présentes au grand dam du jeune maître-nageur. Et les seules à venir de façon régulière.

Les autres sont beaucoup moins assidues. Isa ne se fait qu'une seule concession : demander le mardi matin par SMS à Nadine si elle sera présente et, dans le cas d'une réponse négative, ne s'inscrire sur le site Internet de l'activité que si une autre personne l'a fait.

Début novembre, elle envoie le tapuscrit de son troisième volume aux éditions Fragrances de rêves… et celui de *L'Impossible Choix* à une autre maison d'édition. Juste pour voir. Elle n'est pas pressée concernant *Le Voyou des cœurs*, certaine de la réponse positive. En attendant, elle travaille à l'ultime correction du tome IV.

Isa veut encore croire à la véracité des prédictions de Clara'magie sur le plan du succès de ses romans.

Le mois de décembre arrive. Isa n'a aucun moyen de savoir si *Derrière les murs de Willnow* génère des ventes. Le classement de la plate-forme se montre aléatoire ; Fragrances de rêves ne lui communique rien. Tout ce qu'elle sait, c'est que des redevances sont versées aux auteurs en juillet pour l'exercice se terminant fin décembre, et en janvier pour l'exercice se terminant fin juin. Son roman étant sorti en mai, si elle touche une redevance, ce sera en juillet 2018.

Elle reçoit deux mails quelques jours avant les congés de fin d'année. Les éditions du Trèfle rouge lui annoncent que son roman est en comité de lecture, et Séverine Leclerc, directrice générale des éditions Fragrances de rêves, l'invite à participer à Livre Paris en mars 2018.

Le Salon du livre de Paris… Un des souhaits d'Isa. L'Univers se remet-il en marche ?

Elle accepte en envoyant un mail de réponse. C'est une occasion à ne pas rater.

Le lendemain, elle apprend que la date retenue pour sa présence au Salon est le dimanche 18 mars de quinze à dix-sept heures.

Isa révise sa leçon sur le désappointement.

Nonobstant cela, Isa pense qu'un grand nombre de personnes vont voir son livre et peut-être, pour certains, l'acheter. Isa décide de nouveau de faire confiance à l'Univers. Il ne peut pas la décevoir une nouvelle fois… Si ?

# Chapitre seize

Fin janvier 2018, Isa reçoit un mail des éditions du Trèfle rouge. L'éditeur David Esposito lui annonce que son roman les intéresse par le thème traité et le style de l'auteure, à la fois délicat et cru. Tiens, ce sont les initiales inversées du patron de Fragrances de rêves ! L'Univers a-t-il le sens de l'humour ? Seul problème, Isa doit acquérir vingt romans papier. Ils lui sont facturés avec une remise de trente pour cent. Comparé au prix plein pot de Mike Palto, c'est un cadeau. Et puis vingt romans à écouler comparés à une centaine ! Seconde différence, l'homme lui demande de supprimer toutes les versions précédentes de *L'Impossible Choix* qui existent sur des plates-formes de vente électronique. Isa le fait pour la version e-book du roman, puis écrit une lettre recommandée aux éditions Roman du jour pour leur signaler son souhait de rompre le contrat avec eux.

La semaine suivante, la lettre envoyée en recommandé avec accusé de réception revient avec la mention « Inconnu à l'adresse indiquée ». Isa ressent de l'amertume. Pourtant c'est bien le lieu noté sur son contrat avec la maison d'édition de Mike Palto. A-t-il déménagé ? S'est-il enfui à l'étranger après avoir plumé quelques auteurs à l'ego démesuré ?

Isa décide d'agir pour trouver la nouvelle adresse de l'homme. Elle regarde dans ses contacts mail et trouve l'adresse électronique de l'imprimeur-éditeur. Son texte est laconique :

« J'ai besoin de votre adresse pour l'envoi d'un courrier. Merci. Cordialement, Isabelle Barbery. »
Par retour de mail, Isa reçoit la nouvelle adresse de M. Palto. De l'Ille-et-Vilaine, il est passé à la Charente-Maritime.

Dès le soir même, Isa rédige sa lettre de rupture de contrat. Elle n'explique pas les raisons. Cela ne regarde pas les éditions Roman du jour.

Le lendemain, elle poste la lettre en recommandé. Isa se consacre ensuite à la logistique de son séjour au Salon du livre de Paris. Voir les horaires de train pour la capitale le dimanche 18 mars dans la matinée, la durée du trajet en métro pour être à l'heure pour son temps de dédicace, se mettre en contact avec Adrien, au moins pour qu'il la guide dans le métro. Elle fait partie de ces provinciaux qui n'ont jamais – ou si peu – pris ce moyen de transport parisien, et jamais seule.

Elle envisage même, si son deuxième fils refuse ou a un empêchement, de s'offrir les services d'un taxi. Il est hors de question de rater l'occasion Salon du livre de Paris.

Un peu plus d'une semaine passe, Isa reçoit l'accusé de réception. Mike Palto a reçu sa lettre de rupture. Le soir même, Isa constate la disparition de la version brochée de son livre sur sa plate-forme favorite.

Il n'y aura jamais de lettre de réponse de Mike Palto.

Fin février, Isa reçoit de la part des éditions du Trèfle rouge une proposition de texte pour sa quatrième de couverture. Ce résumé n'a rien à voir avec celui écrit sur la première version de son roman. Dans le reste du mail, on lui demande une photographie en pied et de répondre à quelques questions en vue de la rédaction de sa biographie. Un point positif par rapport à Fragrances de rêves. La sortie de son roman est prévue pour début avril.

Isa met Loïs à contribution pour la prise de la photographie. Image bientôt téléchargée de son téléphone à l'ordinateur et tout aussi vite scannée et expédiée par voie électronique aux éditions du Trèfle rouge.

Le lundi suivant, Isa apprend à Maman lors de sa visite hebdomadaire qu'elle va au Salon du livre de Paris le 18 mars et celle-ci, d'emblée et sans lui demander son avis, envoie un message sur le portable d'Adrien.

Malgré l'âge d'Isa, Maman la considère encore comme une petite fille. Isa ne peut pas lutter contre ça donc elle pardonne. Elle fait juste le geste « trois » avec sa main gauche avec un sourire tandis que Maman pianote sur son cellulaire. Celle-ci sait ce que cela veut dire. Isa signifie à sa mère que pour elle son aînée a toujours trois ans. La relativité du temps, n'est-ce pas !

— Voilà, c'est fait, dit Maman en reposant son téléphone portable.
Le 10 mars, Isa reçoit de la part de Fragrances de rêves son pass pour circuler

au sein du Salon du livre de Paris, accompagné d'un plan pour trouver le stand de la maison d'édition. Elle connaît maintenant ses horaires de train aller et retour, et l'heure approximative où elle sera devant le parc des expositions, porte de Versailles. Un SMS de Loïs lui indique qu'Adrien accepte de la guider dans le métro et de l'accompagner toute la journée au Salon du livre. Isa doit juste lui dire à quelle heure elle compte arriver à Paris.

Cette semaine-là, le temps est froid. Isa se demande si neige ou verglas ne vont pas l'empêcher de se rendre à la gare pour huit heures trente dimanche matin. Le départ du train est prévu pour 8 h 48, mais Isa préfère être en avance.

Profitant d'une petite accalmie le jeudi, elle achète son billet de train aller-retour pour Paris et envoie par SMS à Adrien l'heure de son arrivée dans la capitale. Elle ajoute qu'elle le préviendra juste avant sa montée dans le train, ou si malheureusement la circulation routière est exécrable et qu'elle ne peut se rendre à la gare.

Le 18 mars, Isa est réveillée dès six heures du matin. Elle n'a rien de particulier à faire mais une sorte d'excitation l'empêche de dormir. Ce qui va servir de déjeuner pour Loïs, Dorian et Daniel est prêt depuis la veille ; le père de famille n'aura plus qu'à réchauffer. Elle déjeune en essayant de visualiser sa journée : le trajet en voiture jusqu'à la gare, point qui lui pose le plus de problèmes, le voyage en train et son fils qui l'attend au bout du quai.

Son premier repas de la journée avalé, elle s'habille puis prépare son pique-nique pour le midi. Le trajet jusqu'à la gare se fait avec prudence. Isa arrive à destination sans avoir glissé une seule fois sur une plaque de verglas traîtresse.

Sa voiture garée sur le parking usagers de la gare, Isa gagne le quai quelques minutes avant l'arrivée du train.

Elle reste assise à regarder le paysage tout le temps du trajet ou ce qui se passe dans son wagon. Elle remarque qu'une femme montée un peu plus tard lit *Demandez et vous recevrez*, de Esther et Jerry Hicks. L'Univers est-il monté dans le wagon ?

Après moins d'une heure de trajet, le train arrive à la gare du Nord. Isa descend sur le quai comme les autres voyageurs et marche vers le début du quai.

Adrien l'attend un peu plus loin. Il la guide vers la sortie de la gare, la première bouche de métro. De la gare du Nord au parc des expositions de la porte de Versailles, il y a plusieurs changements. Isa suit son fils comme si elle était son ombre. Arrivés devant l'entrée du parc, ils doivent se séparer. Adrien a un pass visiteur, Isa un pass professionnel – un des rares moments où ce qu'elle fait a de la valeur –, et les deux portes sont à l'opposé l'une de l'autre. Isa entre après avoir présenté son pass à un vigile. Elle cherche ensuite à repérer deux choses : où se trouve Adrien et où se trouve le stand dévolu aux éditions Fragrances de rêves. Elle consacre d'abord son temps à rechercher son fils en se dirigeant vers la porte visiteurs. La foule commence à être dense et elle craint de le rater. Heureusement Adrien est de grande taille et il l'a déjà remarquée.

La fin de la matinée se passe à visiter différents stands, à voir l'exposition consacrée au film basé sur la bande dessinée *Gaston Lagaffe*, dont la sortie en salle est prévue pour le 4 avril, à repérer le stand de Fragrances de rêves et à trouver le coin pique-nique où ils vont se restaurer.

Aux alentours de midi, ils s'asseyent sur une estrade, pas très loin d'un stand de boulangerie et d'un autre qui offre des cafés. Isa mange un des deux sandwichs achetés et une compote – elle s'est munie d'une cuillère. Pour faire passer le tout, elle boit au goulot de la petite bouteille d'eau apportée. Pour sa part, Adrien déguste une salade composée et un fruit. À la fin de ce repas substantiel, il propose à sa mère la dégustation d'un café gratuit.

Ils se promènent de nouveau dans les allées du Salon. Isa remarque des stands de petites maisons d'édition. Elle finit par repérer Fragrances de rêves à l'angle d'une allée. Leur stand est petit mais il y a un auteur de chaque collection présent. Isa décide d'aller se présenter juste pour qu'ils sachent qu'elle est arrivée. Elle fait donc la connaissance de Helga, la directrice de collection de Liberté d'écrits, d'Éric Devier, le président de la maison d'édition et de la directrice générale, Séverine Leclerc, qui l'accueille avec un surprenant :

— Salut, Isabelle, je vois que tu es bien arrivée.

Devant l'air étonné d'Isa, la femme explique :

— J'ai vu une photo de toi sur Facebook.

Isa se souvient. Elle n'a jamais partagé l'expérience d'un Salon du livre sur les réseaux sociaux mais les organisatrices de celui de Chevrières ont diffusé des photographies des différents auteurs présents sur leur site.

Isa serre les mains, y compris celles des auteurs présents, avec un sourire aimable.

— Essaie d'arriver un peu en avance. On fera des photos, ajoute Séverine.

— Quatorze heures cinquante, ça ira ? demande Isa.

— Plutôt quarante-cinq. Pour que tu aies le temps de t'installer.

Isa opine du chef et quitte le stand. Elle rejoint Adrien, près de celui d'une autre petite maison d'édition. Ils arpentent de nouveau les allées pour finir par se retrouver à quelques box de Fragrances de rêves, pour assister à une conférence sur l'avenir de l'Urban Fantasy.

Isa ne connaît pas cette sorte d'écrit littéraire mais c'est un moyen de découvrir en quoi cela consiste et surtout de passer l'heure qui lui reste avant sa séance de dédicaces.

Le temps passe et Isa arrive un peu en avance devant le stand de sa maison d'édition. Les auteurs de la session précédente sont partis ou prennent congé, et Helga installe les nouveaux livres à dédicacer, dont *Derrière les murs de Willnow*, et les bristols avec les noms des auteurs. Isa constate qu'il n'y a que trois livres posés à l'emplacement qui lui est réservé. Elle s'interroge : sont-ce les livres précommandés par des lecteurs ou Fragrances de rêves ne parie pas grand-chose sur elle ? Avant de constater que c'est la même chose pour les autres auteurs qui arrivent, alors qu'Isa est en pleine séance photo avec les membres de la maison d'édition présents. Et une photo seule derrière ses livres, et une les bras levés en signe de victoire sous la bannière de Fragrances de rêves. Isa a l'impression d'être ridicule ; ego, quand tu nous tiens. Et une dernière, entourée de Séverine et Éric, les deux têtes dirigeantes de la maison d'édition.

Isa se laisse porter par l'ambiance bon enfant et passe le début de son temps de dédicaces à observer les autres auteurs. L'homme à sa droite – auteur de thriller – semble un roi du cabotinage. Une jeune femme l'accompagne, qui le prend en photo seul ou avec les membres de l'équipe.

Isa reçoit le sourire moqueur de l'auteure de la collection Séduction, à la droite de l'homme qui continue à jouer à la star avec sa photographe. Des badauds les regardent faire mais aucun ne s'approche du stand.

Isa décide que quoi qu'il se passe, elle va vivre un bon moment. Savourer le nombre de personnes qui ont la couverture de son roman devant les yeux – et donc savent qu'il existe –, se réjouir des dédicaces signées par les autres auteurs présents et déguster le café et les cookies maison offerts par Séverine et Helga.

À la fin de la première heure, une jeune femme se présente devant l'auteure de *Séduction*. Elle lui achète son roman. Elle passe ensuite sans s'arrêter devant le stand de l'homme, puis s'immobilise devant Isa. Elle prend *Derrière les murs de Willnow*, le tourne et lit la quatrième de couverture.

— Il n'y a pas de tome I ?

— Si. Il est sorti chez une autre maison… mais il y a un résumé de l'histoire au début de celui-ci.

— On peut le trouver sur les plates-formes ?

— Dans quelque temps. Une nouvelle édition va paraître début avril.

La jeune femme tend le livre à Isa.

— D'accord, je le prends.

Isa signe sa première dédicace parisienne. Elle est suivie un peu plus tard par deux autres.

Au contraire des précédents Salons du livre, Isa ne touche aucun argent. C'est la maison d'édition qui présente les ouvrages, c'est elle qui se fait payer.

Isa a juste droit à un pourcentage sur les ventes. Celles faites aujourd'hui et celles faites sur les différents sites où le livre est présent.

Isa apprend l'espérance.

À seize heures cinquante-cinq, Isa commence à ranger sa bouteille d'eau et son stylo. Elle doute qu'une personne ne se présente pour une dédicace à la toute dernière minute. C'est alors qu'elle s'apprête à se lever de sa chaise que Séverine s'adresse à elle :

— Ton tome III est parti en correction.

— C'est bien.

« *Plus laconique, tu meurs* », se dit-elle.

La directrice générale la regarde avant de demander :

— Et le tome I, on l'a quand ?

— Pas maintenant. Il est chez une autre maison et le contrat dure deux ans.

— On va attendre deux ans, alors !

Isa hoche la tête. C'est la seule chose à faire. Elle n'a pas les moyens de payer des dédommagements au Trèfle rouge. Maudire Arlette Robinson pour sa décision d'accepter *Derrière les murs de Willnow* sans la présence de *L'Impossible Choix* ne sert à rien.

Personne, et surtout pas Isa, n'a le pouvoir de transformer le passé. Elle doit s'en accommoder et prier pour que les choses s'arrangent. Malgré ses coups en traître, Isa a encore confiance en l'Univers. C'est le mieux qu'elle puisse faire.

Adrien l'accompagne de nouveau dans le métro jusqu'à la gare du Nord. Dans le train qui la ramène, Isa pense à cette journée.

Elle n'a signé que trois dédicaces, ce qui peut s'apparenter à un échec ou à un semi-échec, mais elle les a signées pendant un laps de temps de deux heures. À Beauvais Ô Cœur du Livre, elle n'en a écrit qu'une en sept heures.

C'est donc un succès.

Après le voyage en train où elle se repose et mange son second sandwich, Isa retrouve sa voiture sur le parking. La première chose qu'elle fait, après avoir mis son sac à l'intérieur, c'est de dégager la neige sur le pare-brise avant et la lunette arrière. Il a beaucoup neigé durant son absence.

Comme à son habitude, Daniel est devant la télévision lorsqu'elle rentre. La table n'est pas mise pour le dîner d'Isa, mais elle n'en a cure, elle a mangé dans le train. Il l'accueille avec un :

— Faut que tu rappelles ta mère. Elle a téléphoné il y a un quart d'heure pour savoir si tu étais là.

Isa décroche le téléphone et constate, alors qu'elle parle avec Maman, que Daniel augmente le son de la télévision. Comme si elles le gênaient.

Voilà, Isa apprend de nouveau la réalité de sa vie.

# Chapitre dix-sept

Dès son retour de Paris, Isa a l'impression de vivre deux vies. L'une heureuse, avec la sortie de la seconde version de *L'Impossible Choix*, l'autre pleine de problèmes, avec le tome III, *Le Voyou des cœurs*.

Elle reçoit la version avec des annotations de la correctrice avec les habituels codes couleur ainsi qu'un mail de Helga l'exhortant à se mettre très vite au travail. La maison d'édition compte sortir le tome III de sa saga pour la fin du mois de mai.

Isa se met à l'ouvrage, respectant les consignes de façon scrupuleuse.

Mi-avril, elle envoie de nouveau le tapuscrit puis elle attend le retour de Fragrances de rêves pendant une huitaine de jours. Sans réponse, elle envoie un message privé à Helga. La réponse est surprenante.

« Ton fichier a été corrompu. Nous ne pouvons pas travailler avec. »

Isa a encore une ancienne version de *Le Voyou des cœurs* et les annotations de la correctrice. Elle recommence le travail et envoie une question à la directrice de collection.

« J'ai gardé une ancienne version. Est-ce que je refais le travail ou est-ce que nous laissons tomber ? »
La réponse arrive le lendemain matin.

« Tu refais… On retarde ta sortie jusqu'à fin juin. »

Isa travaille, travaille, travaille sur son roman. Pour le reste, elle se limite au strict nécessaire : ses tâches ménagères. Sa seule entorse est la visite à ses parents. Elle supprime même une séance d'aquagym douce le mardi 17 avril.

Le prochain cours est le 15 mai, mais Isa s'en moque un peu. Le plus important pour elle est de faire tout ce qui est en son pouvoir pour que son tome III sorte à la fin du mois de juin.

Les corrections terminées, elle les envoie accompagnées d'un résumé destiné à la quatrième de couverture et d'une photo libre de droits pour la première. La réponse lui arrive quelques jours plus tard :

« Une image verticale, Isa, et une photo plus sexy qu'un jardin anglais. »

Quelle image sexy veut Helga ? Un torse d'homme ? Deux hommes enlacés ? *Le Voyou des cœurs* est une romance entre hommes mais pas que. Il s'agit surtout du troisième tome d'une saga familiale.

Tout en cherchant une photo susceptible de plaire à l'exigeante directrice de collection, Isa se demande si tous ces contretemps ne sont pas des messages de l'Univers pour lui signifier d'arrêter l'écriture. Elle n'a généré aucune vente au Salon du livre de Verneuil-en-Halatte en avril.

À moins qu'Il ne la mette à l'épreuve pour voir si elle est bien alignée avec ses désirs. Le message n'est pas clair. Mais avec lui, rien d'étonnant, il parle hébreu.

Isa finit par trouver la photographie libre de droits qui peut servir de première de couverture. Il s'agit d'un jeune homme rappelant un des personnages de son roman. Elle l'envoie à Helga par mail en priant pour qu'elle l'accepte.

L'Univers comprend qu'elle est toujours en phase avec son désir, et la photo est acceptée par Helga :

« Très beau mec, ça ira. »Le 21 juin, le troisième tome de *Willnow* sort. Isa en parle sur sa page auteur et d'emblée, le lendemain, il se retrouve numéro trois des ventes.

Isa apprend la jubilation.

Est-ce celui-là, le troisième roman évoqué par Clara'magie dans sa voyance ? Celui dont elle serait satisfaite des ventes ?

Fin juin, Isa reçoit un mail de Séverine Leclerc : c'est un relevé de droits d'auteur avec une quarantaine d'euros à la clé, d'ores et déjà virés sur son compte.

Isa s'empresse de vérifier. Tout est en ordre. La maison paie ses auteurs.

Cet été-là, Isa reste chez elle. Loïs travaille pendant deux mois et Daniel, qui avait pourtant proposé de l'accompagner en Normandie, change d'avis, préférant se consacrer à la pose de carrelage sur leur terrasse. Curieusement, bien qu'elle l'ait déjà empruntée, Isa a peur de faire cette route seule.

Le 18 septembre, l'activité aquagym douce reprend mais elle ne s'y présente pas. Aucune personne n'est inscrite.

Le cours suivant, Isa constate que le jeune moniteur de l'année précédente anime encore le cours. Le groupe a de nouveau changé. Seules Nadine et Isa connaissent déjà le jeune maître-nageur et sa façon de travailler.

Le dimanche suivant, elle participe à un Salon du livre à Merlieux, dans l'Aisne. Puisque les manifestations livresques dans l'Oise ne sont plus payantes, pourquoi ne pas s'exporter ? À la fin de la journée, quatre livres ont été vendus : deux de chaque.

Isa s'exprime quelques instants dans un micro devant plus de quatre-vingts exposants et une foule de quidams.

Isa apprend à sortir de sa zone de confort. L'apprentissage du contentement n'est pas loin.

C'est le dernier Salon pour l'année 2018.

Isa espère poursuivre l'an prochain et présenter son tome III, ainsi que son tome IV, *Tempête sur Willnow*. Elle vient de l'envoyer à une correctrice avant de l'expédier par mail à Fragrances de rêves avec une mise en page parfaite. En sus : un texte pour la quatrième de couverture. Isa a choisi la photo libre de droits de deux hommes se tenant par la main sur une plage tropicale.

Une réponse choc : document refusé.

Persuadée d'une erreur informatique, Isa réitère l'opération et la réponse est la même. Perplexe, elle envoie un mail à Helga, qui ne répond pas, puis à Séverine.

La suite est un véritable coup de poignard sur les rêves d'Isa :

« Nous n'avons pas le tome I et, de ce fait, les tomes II et III ne se vendent pas. Nous ne pouvons accepter le quatrième. »
Isa apprend le désarroi. Et la leçon est cuisante.

Concernant son avenir d'auteure, Clara'magie s'est lourdement trompée.

Le rêve d'Isa, si grand, a fini par lui exploser à la figure.

Que désire l'Univers, en définitive ? L'exhorte-t-il à grandir un peu en acceptant que sa vie reste ce qu'elle est... ou pas ?

# Épilogue

Comme pour beaucoup, la vie – autre nom de l'Univers, mais vous avez deviné – continue d'apprendre des leçons à Isa. La plus importante étant celle trouvée dans un jeu de cartes oracles. Oui, encore un :

« Ne vous inquiétez donc pas du lendemain ; car le lendemain aura soin de lui-même. » (Matthieu 6:34).

Lorsqu'il lui arrive encore des questions sur son avenir de femme – être positive quant à sa vie amoureuse ne veut-il pas dire continuer avec Daniel ? – ou même d'auteure – abandonner ou non l'écriture de sa saga ? –, Isa se répète cette maxime qui lui apporte la paix et une forme de lâcher-prise.

Personne, et surtout pas elle, ne peut augurer de l'avenir. Qu'elle devienne ou non une auteure à succès, son rêve d'étoile, le plus important, est de profiter de son passage sur Terre pour apprendre.

Vous ai-je dit qu'en ce moment la carte oracle dominante est « Jouer » ?

Jouer, profiter de sa vie, n'est-ce pas le principal ? Les épreuves ne sont-elles pas un moyen d'apprendre, de grandir un peu, encore et encore ?

En définitive, en dépit de tout cela, Isa a-t-elle fini par apprendre la sagesse ?

# Table des matières